ATTENTION, LECTEUR, TU VAS AVOIR PEUR !
NE LIS PAS CE LIVRE DU DÉBUT À LA FIN !

Commence ta lecture à la page 1, puis suis les instructions au bas de chaque page pour faire tes choix. C'est toi qui mènes cette aventure échelevée et qui décides du déroulement d[...] ments, et à quel point ce sera EFFR[...]

« Ne desce[...] ertit ton oncle lorsque [...] tes deux horribles cousi[...]

Mais tu ne ti[...] es recommandations.

Alors que tu es au sous-sol, ton estomac se met à crier famine. Tu ouvres un vieux réfrigérateur où tu trouves un pot de beurre d'arachide mauve et un morceau de gâteau au chocolat rassis. Lequel vas-tu goûter ? Attention : une PETITE bouchée de l'un ou de l'autre va te causer de GROS problèmes. Tu pourrais même ne plus jamais être comme avant !

Mais la décision t'appartient.

Si tu fais les bons choix, tu vivras une aventure excitante ! SI TU NE FAIS PAS LES CHOIX JUDICIEUX... ATTENTION !

PRENDS UNE PROFONDE INSPIRATION, CROISE LES DOIGTS ET C'EST PARTI... TU AURAS LA CHAIR DE POULE, C'EST GARANTI !

Chair de poule ™ EXTRA

7

MAUVE, VISQUEUX ET DANGEREUX!

R. L. STINE

Traduit de l'anglais par
NICOLE FERRON

Données de catalogage avant publication (Canada)

Stine, R. L.

Mauve, visqueux et dangereux!

(Chair de poule extra ; 7)
Traduction de: Beware of the purple peanut butter.
Pour les jeunes de 8 à 12 ans.

ISBN 2-7625-8745-X

I. Ferron. Nicole. II. Titre. III. Collection: Stine, R.L. Chair de poule extra ; 7.

PZ23.S85Mau 1997   j813'.54   C97-940943-8

Beware of the Purple Peanut Butter — Series Goosebumps®
Copyright © 1996 Parachute Press, Inc. — All rights reserved
Publié par Parachute Press, Inc.

Version française
© Les éditions Héritage inc. 1997
Tous droits réservés

Graphisme et mise en page: Jean-Marc Gélineau

Dépôts légaux: 3e trimestre 1997
Bibliothèque nationale du Québec
Bibliothèque nationale du Canada

ISBN: 2-7625-8745-X   Imprimé au Canada

LES ÉDITIONS HÉRITAGE INC.
300, rue Arran, Saint-Lambert (Québec) J4R 1K5
Téléphone: (514) 875-0327
Télécopieur: (514) 672-5448
Courrier électronique: heritage@mlink.net

CHAIR DE POULE^{MC} est une marque de commerce de Parachute Press, Inc.

Tes parents ne peuvent pas te jouer un tel mauvais tour!

Ils sont partis en Europe pour un voyage d'affaires et tu dois passer l'été à Friseville avec ta tante Flore, ton oncle Henri et tes cousins Bertrand et Patricia.

Quel été de misère en perspective!

Bertrand-la-brute a un an de plus que toi. Patricia-la-peste a un an de moins et se comporte en véritable raseuse. Ça ne correspond pas vraiment à l'idée que tu te fais des vacances idéales.

Tu jettes un œil glauque par la fenêtre de l'auto de ton oncle qui te ramène de l'aéroport. Tante Flore se tourne vers toi et te sourit.

— Bertrand et Patricia sont fous de joie à l'idée de te revoir, fait-elle de sa voix perçante.

« Pas vrai, penses-tu. Bertrand-la-brute brûle d'impatience de me clouer au sol et Patricia-la-peste rêve de me voir jouer à la poupée avec elle.»

Oncle Henri remonte l'allée de la vieille maison à deux étages toute décatie. Le parterre est étouffé par les mauvaises herbes et l'escalier tombe en ruine. Rien de très prometteur.

Au moins, tes cousins sont absents. Peut-être pourras-tu prendre la fuite avant qu'ils ne se montrent.

C'est alors qu'un bruit effrayant te fait sursauter!

Va à la PAGE 2.

Bertrand jaillit par la porte de devant qui se referme en claquant dans son dos. Tu descends lentement de l'auto. Ton cousin affiche un air méchant sous sa touffe de cheveux blonds. Bien qu'il n'ait qu'un an de plus que toi, il fait presque deux fois ta taille. Pendant que ta tante et ton oncle déchargent le coffre, il te donne un bon coup sur le bras.

— Salut, poule mouillée, grogne-t-il.

Patricia arrive par le côté de la maison, son antipathique chat orange, Bouledepoil, dans les bras. Deux longues tresses de cheveux foncés tombent sur ses épaules. Elle te regarde d'un air supérieur, puis se met à rire. Bouledepoil t'accueille d'un sifflement furieux.

« Quel été ! » penses-tu. Peut-être pourrais-tu passer les vacances dans ta chambre.

— On t'attendait, dit Bertrand, rendant la chose impossible. Jouons à cache-cache.

« Oh non ! te dis-tu. Ça commence. »

— Je suis contente de voir que vous vous amusez déjà, glousse tante Flore. Ton oncle et moi devons retourner travailler à l'université. Je vais monter ta valise en haut.

— Non, vraiment... protestes-tu. Je peux le...

— Non, non, répond oncle Henri. Continuez de jouer, les enfants. Mais il y a une chose très importante. Vous pouvez jouer partout dans la maison, mais ne descendez pas au sous-sol.

Va à la PAGE 23.

La punaise d'eau tente de grimper sur le bâton-net. Tu remarques qu'elle a des ailes et cela te donne une idée : t'envoler.

Tu tends la main et caresses le corps dur et glu-ant de la punaise d'eau. Elle agite ses antennes dans ta direction ; on dirait qu'elle t'aime bien.

« Fantastique ! te dis-tu. J'ai trouvé un nouvel ami. »

Un ami tellement dégoûtant que même Bertrand te semble attirant à présent !

Tu caresses toujours le gros insecte brun, puis tu grimpes sur son dos. Il ne semble pas s'en plaindre. Tu saisis ses antennes et te mets à lui serrer les flancs des pieds, comme s'il s'agissait d'un cheval.

La punaisse déploie ses ailes, comme tu l'es-pérais.

Une seconde plus tard, elle s'envole et monte de plus en plus haut !

Vole à la PAGE 104.

Ce ne serait pas sage d'avoir des problèmes dès le premier jour. Tu te mets à courir. Les autres enfants se dispersent dans toutes les directions. Après avoir mis un peu de distance entre toi et le terrain de jeu, tu jettes un coup d'œil par-dessus ton épaule. Lorsque la voiture de police arrive, il n'y a plus personne.

« Ouf, penses-tu. C'était juste. »

Les gargouillements de ton estomac te rappellent que tu as encore faim. Ce gâteau au chocolat n'a pas suffi à te rassasier. En retournant vers la maison, tu te rends compte que les chaussures d'oncle Henri sont devenues trop étroites ; tes orteils y sont serrés comme des sardines. En passant devant la baie vitrée d'une maison voisine, tu regardes ton reflet.

Tu n'arrives pas à en croire tes yeux !

Tu as gagné au moins trente centimètres depuis le matin.

Va à la PAGE 134.

En courant, tu tournes à gauche sur la rue. L'autobus numéro 5 arrive en même temps que toi.

Ta petite taille t'oblige à te hisser sur la pointe des pieds pour mettre tes pièces dans la boîte. Et lorsque tu arrives à l'université, tu ne réussis pas à tirer le cordon de l'arrêt. Heureusement, d'autres personnes doivent sortir et tu descends de l'autobus derrière eux.

Le campus de l'université est immense. Des dizaines d'édifices en brique rouge sont éparpillés sur des pelouses vertes qui n'en finissent plus. Des gens circulent en tous sens sur les sentiers qui les relient.

Comment retrouver ta tante là-dedans?

Une flèche indique l'édifice administratif. Peut-être y découvriras-tu l'endroit où elle travaille. Tu te diriges dans cette direction, mais des milliers de petites taches roses apparaissent de nouveau devant tes yeux. Lorsque tes doigts et tes orteils cessent de picoter, tu découvres que tu es maintenant de la taille des pissenlits! À ce rythme, tu vas sûrement disparaître avant d'atteindre le pavillon administratif.

Devrais-tu entrer dans le pavillon de physique devant toi dans l'espoir qu'un des scientifiques puisse t'aider?

Ou devrais-tu plutôt continuer jusqu'au pavillon administratif pour trouver ta tante?

Si tu files jusqu'au pavillon de physique, cours à la PAGE 39.

Si tu continues de chercher ta tante, va à la PAGE 126.

Tu aimerais parler à Bertrand, mais il court comme un dératé vers la maison.

— Arrête! cries-tu d'une voix qui fait trembler le sol.

Tu prends Bertrand dans ta main; il est terrorisé.

— Non! hurle-t-il. Non! Lâche-moi! S'il te plaît, lâche-moi!

Il n'a jamais eu l'air aussi effrayé. As-tu d'ailleurs jamais vu quelqu'un de plus effrayé? Il te prend sûrement pour un être d'une autre planète!

— S'il te plaît! répète-t-il, en sanglots. Je ferai tout ce que tu veux. Ne me fais pas mal.

Ton visage est trop gros pour qu'il te reconnaisse. Bertrand a toujours été à ce point désagréable avec toi que tu ne peux résister à l'envie de le faire trembler.

Tu le soulèves un peu plus haut, jusqu'à ce que ses orteils touchent le sommet des arbres. Il se débat et hurle de plus belle.

— Lâche-moi! hurle-t-il. S'il te plaît, lâche-moi!

— Pas encore! tonnes-tu en le ramenant à la hauteur de ton visage. Toi, l'avorton, je pourrais t'écraser comme une punaise. Mais je vais te laisser la vie sauve à une condition.

Va à la PAGE 119.

Tu prends la vieille dans ta main et la tiens devant ton visage en lui expliquant ce qui t'est arrivé.

— J'en ai vu d'autres, te dit-elle enfin. Je pense que je peux t'aider.

Elle fouille dans ses jupons et en sort un petit sac brun tout usé.

— Prends ce mélange d'herbes, t'indique-t-elle. Mais n'en avale qu'une petite quantité. Les résultats sont imprévisibles.

Tu prends le sac et déposes la vieille par terre.

— Merci, dis-tu.

Tu t'apprêtes à lui poser d'autres questions lorsqu'elle recommence à parler.

— Fais comme je t'ai dit. Plus d'autres questions. C'est l'heure de ma sieste.

Tu clignes des yeux une fois et elle disparaît. L'as-tu seulement imaginée? Mais non, le sac est toujours dans la paume de ta main.

Tu l'ouvres et une forte senteur d'épices emplit l'air. Tu en secoues le contenu dans ta paume: il n'y a qu'une toute petite pincée de poudre jaunâtre, à peine une cuillerée à café.

La diseuse de bonne aventure t'a recommandé de n'en prendre qu'une petite quantité.

Devrais-tu n'en avaler qu'une partie? Va à la PAGE 79.

Ou devrais-tu prendre toute la poudre? Essaie-le à la PAGE 125.

Tu cours vers la pièce qui est tout près de toi.

C'est un placard à balais rempli de produits de nettoyage. Des brosses et des vadrouilles sont accrochées au mur et un seau aussi gros qu'une voiture est posé sur une tablette au-dessus de ta tête.

Tu entends les pas du concierge qui approche.

— Là-dedans! crie la femme. Je l'ai vue entrer là-dedans!

— Pas de panique, tonne la voix du concierge. Je vais m'en occuper.

Il entre dans le placard. Tu te mets à sauter sur place en agitant les bras.

— Je ne suis qu'un enfant! cries-tu de tous tes poumons.

Le gros homme se penche et plisse les yeux pour te regarder.

— Hé! s'exclame-t-il. Tu n'es pas une souris!

Tu pousses un soupir de soulagement. Finalement, quelqu'un va pouvoir t'aider!

Le concierge te ramasse prudemment par le col et te hausse à la hauteur de son visage.

— Je n'en crois pas mes yeux! bégaie-t-il. Tu es... Tu es...

Tu examines les gros yeux du concierge qui roulent dans leurs orbites. Quelques secondes plus tard, il te laisse tomber sur le plancher avant de perdre connaissance. Malheureusement, tu n'as pas le temps de t'enfuir et tu connais une très plate

FIN.

Tu cours vers le professeur Abel. Tu tentes de crier son nom, mais il n'entend pas ton faible chuchotement.

Tu veux tirer le bas de son pantalon, mais il secoue sa jambe en t'envoyant voler sous la table.

Comment te faire remarquer? Tu as alors une idée géniale. Te déplaçant très silencieusement, tu détaches les lacets de ses deux chaussures. Dans tes petites mains, les lacets sont gros comme des cordes à danser.

Lentement, sans bruit, tu attaches les deux lacets ensemble. Tu fais un gros nœud sans qu'il s'en aperçoive. Tu te sauves plus loin et attends.

Ce n'est pas très long.

Le professeur Abel se lève et s'apprête à traverser la pièce. BANG! Il trébuche et s'étend de tout son long sur le plancher.

— Hé! s'écrie-t-il, furieux. Qui a attaché mes deux chaussures ensemble?

— C'est moi, réponds-tu en t'approchant de sa tête.

— Qui a parlé? demande-t-il. Parle plus fort!

— C'est moi, répètes-tu en te plaçant devant son visage. Je m'excuse... il fallait que vous me remarquiez.

Maintenant, il te regarde. Au début, il paraît surpris, puis il fronce les sourcils. Soudain, il lève la main pour t'écraser.

Va à la PAGE 51.

Tu lèves les yeux et aperçois une femme vêtue d'un maillot de bain en lamé. Tête en bas, elle est suspendue par les jambes à un fil de fer. Un bout du fil s'est entortillé dans tes cheveux!

— Hé! te crie-t-elle. Sors de mon numéro!

— Je m'excuse... Je ne voulais pas vous ennuyer.

Tu lèves le bras et détaches le fil de tes cheveux. Les gens t'applaudissent. Tu leur souris et les salues.

— Voici le propriétaire! déclare le dompteur de tigres. Tu vas avoir des ennuis!

Tu jettes un regard au petit homme gras en habit de clown qui approche. Il a un visage tout blanc avec deux grands yeux noirs et un nez rose vif.

— Je m'excuse, lances-tu en te penchant. Je ne voulais pas gâcher votre spectacle.

— Le gâcher? demande l'homme. C'est une blague? C'est le meilleur numéro que nous ayons eu depuis des années! Comment as-tu atteint cette taille? Comment te fais-tu aimer des tigres?

— Je ne peux pas vraiment l'expliquer, réponds-tu. Tout a commencé...

— Peu importe! t'interrompt le clown. Je veux t'embaucher! Quand peux-tu commencer?

Pense vite! Le cirque est un endroit idéal pour se cacher. Mais aimerais-tu y passer le reste de tes jours?

Si tu te joins au cirque, va à la PAGE 113.

Si tu refuses l'offre de l'homme, va à la PAGE 118.

Tu plonges vers la cannette. «Excellent!» penses-tu. Tu sais ce qu'est du Sang de monstre grâce à la collection «Chair de poule». Du Sang de monstre fait grandir les choses. Il te fera grandir aussi.

Tu te hisses sur la cannette flottante. À califourchon sur l'étiquette, tu enlèves de la boue et lis : SANG DE MONSTRE, SUBSTANCE MIRACULEUSE.

Lentement, tu rampes jusqu'au couvercle de la cannette qui tangue sur l'eau agitée. Tu as l'impression de te balader sur un billot. L'eau brune lèche les côtés de ton embarcation.

De toutes tes forces, tu tires sur le couvercle qui est fermé bien serré. Tu tires et tires encore.

Il faut que tu l'ouvres. Tu sais que la substance visqueuse et verte que contient la cannette va te faire grandir.

Tu serres les dents et tires une dernière fois. Le couvercle cède et tombe à l'eau!

Tu plonges la main à l'intérieur de la cannette et sens...

Va à la PAGE 43.

C'est ça! Tu vas retrouver ta tante à l'université. Elle pourra prendre un rendez-vous pour toi chez le médecin. Ou peut-être quelqu'un à l'université pourra-t-il t'aider. Tu cours dans le salon. Tu fouilles le bureau de ta tante pour connaître le chemin de l'université.

Tu trouves finalement une carte du réseau d'autobus. Il y a deux autobus qui mènent à l'université : les numéros 103 et 5. Leur arrêt se trouve aux extrémités opposées du pâté de maisons.

Lequel est le meilleur? Tu ne veux pas réveiller Bertrand ou Patricia pour leur demander. Ils t'ont déjà causé assez d'ennuis.

Tu vas devoir deviner.

Quel autobus vas-tu prendre?

Pour l'autobus numéro 103, cours à la PAGE 103.
Pour prendre l'autobus numéro 5, va à la PAGE 5.

Tu pivotes sur tes talons et cours vers la cuisine.

Bertrand plonge vers toi, mais trébuche et tombe sur le plancher.

Sans t'arrêter, tu ouvres la porte d'une armoire et te glisses à l'intérieur. Ta petite taille te permet de te faufiler entre les casseroles.

Bertrand ne pourra jamais te retrouver là-dedans. Tu l'entends entrer bruyamment dans la cuisine au moment où tu refermes la porte de l'armoire.

— Où es-tu? demande-t-il. Tu ne pourras pas te cacher éternellement!

«Tu crois?» penses-tu.

Tu l'entends ouvrir la porte d'un placard, puis la refermer en la claquant. Heureusement, il ne sait pas que ta taille te permet de te cacher dans cette petite armoire.

— Poule mouillée! braille Bertrand. Tu vas sortir un jour ou l'autre!

«Le plus tard possible», penses-tu.

Tu entends le déclic du téléviseur qu'on allume. D'après le son, Bertrand y suit une course automobile bruyante. C'est le moment idéal pour quitter l'armoire: il n'entendra rien. Tout en souriant, tu te prépares à te glisser dehors. C'est alors qu'une sensation étrange et familière t'envahit.

Qu'est-ce que c'est? Va à la PAGE 72.

L'ennui, c'est que tu as faim.

Le vol jusqu'à Friseville a été long. Dans l'avion, tu n'as avalé qu'un mini-sac d'arachides salées et une boisson gazeuse. Maintenant, tu meurs de faim.

Ton estomac crie famine de façon si bruyante que tu as peur que tes deux cousins l'entendent.

Tu regardes autour de toi. Peut-être y a-t-il des conserves au sous-sol.

Non. Les tablettes ne contiennent que de vieux outils de menuiserie. La seule armoire est remplie de vieilles serviettes et de vieux draps sales et déchirés.

Tu n'as pas envie de remonter. Pas encore, alors que Bertrand-la-brute et Patricia-la-peste n'attendent que toi.

Et le vieux réfrigérateur? Il fonctionne toujours. Peut-être contient-il quelque chose à manger?

Un peu sceptique, tu t'approches de l'appareil. La porte semble coincée, mais, après un bon effort, elle s'ouvre sec.

Il y a deux contenants au fond d'une tablette. Tu te penches pour les examiner et tu as un hoquet de surprise!

Va à la PAGE 29.

Tu jettes un coup d'œil dans l'escalier. La porte qui ouvre sur la cuisine est tellement petite que tu te demandes si tu pourras t'y faufiler.

Tu montes la première marche, espérant atteindre le haut de l'escalier avant que ta grande taille ne t'empêche de passer.

CRAC! Ton pied passe à travers la marche. «Elles sont probablement vieilles et usées», te dis-tu. Levant ton autre pied, tu le places sur la deuxième marche. CRAC!

Tu ne pourras pas emprunter l'escalier. Tu regardes autour de toi. Il faut que tu sortes avant que le sous-sol ne se transforme en prison. Fais vite... tu grandis toujours!

Tu remarques alors une fenêtre. Elle sera sans doute difficile à ouvrir, mais c'est ton seul espoir. Tu tires la fenêtre, mais ta force l'arrache de son cadre. Des éclats de bois et de verre volent en tous sens. Tu te glisses à l'extérieur.

C'est un peu serré, mais tu es déjà à mi-chemin. Impossible de revenir en arrière. Tu entends la maison craquer pendant que tu t'extirpes du sous-sol. De l'eau s'échappe des tuyaux crevés. Des échardes de bois te rentrent dans la peau.

Tu te retrouves finalement sur la pelouse. Derrière toi, la fenêtre du sous-sol a fait place à un gros trou.

C'est alors que tu entends un cri perçant.

Va à la PAGE 90.

Tu as atteint une telle taille que tu pourrais presque soulever un éléphant.

Pourquoi ne pas essayer ? Tu salues la foule en délire et l'éléphant salue aussi.

— L'incroyable Forto ! s'écrie le chef de piste. L'être humain le plus fort au monde va maintenant soulever Dodo l'éléphant !

Tu t'approches de l'éléphant que tu étudies de tous les côtés. Finalement, tu décides que la meilleure manière de procéder sera de plier les genoux et de l'entourer de tes bras dans le sens de la longueur. L'éléphant passe sa trompe autour de ton cou en te chatouillant l'oreille.

— Arrête, lui dis-tu tout bas. Tiens-toi tranquille.

L'éléphant se calme et tu commences à le soulever. Il est lourd, très lourd, mais tu réussis à soulever Dodo.

La foule hurle et l'éléphant barrit de plaisir. Mais soudain, dans l'auditoire, quelqu'un crie :

— L'extraterrestre ! C'est l'extraterrestre !

Va à la PAGE 91.

Avec précaution, tu plonges ton doigt dans la substance mauve qui est lisse et collante comme du beurre d'arachide.

Tu tires la langue et en goûtes un petit peu.

Quelle saveur! C'est mauve et gluant, mais cette pâte bizarre goûte une combinaison des plus merveilleux desserts qui soient.

Tu lèches ce qui reste sur ton doigt, puis le replonge dans le bocal. Tu ne peux croire que cela soit si savoureux. Tu aimerais que le bocal soit plein de cette pâte délicieuse.

Malheureusement, il n'en restait pas beaucoup, et bientôt le bocal est vide.

Mais tu n'as plus faim. En fait, tu te sens en pleine forme!

Tu refermes la porte du réfrigérateur et te laisses tomber dans un fauteuil.

Quelques secondes plus tard, tu entends un bruit sourd en haut de l'escalier. Tu lèves les yeux et ton cœur s'arrête presque en voyant qui est là.

Vite, va à la PAGE 94.

Le balcon est devenu énorme, aussi grand qu'un hangar d'avions.

Mais c'est peut-être l'impression qu'il te donne parce que tu as tellement rapetissé. Ton cœur se met à battre plus vite en pensant que si tu continues de rapetisser ainsi, tu vas disparaître.

Une épaisse forêt de gazon se dresse entre toi et les marches du balcon. Tu lèves les yeux au sommet d'un grand arbre jaune et te rends compte que, loin d'être un arbre, c'est un pissenlit!

Tu as la taille d'un insecte!

Tes mains tremblent et la sueur coule sur ton visage. Tu sens la panique t'envahir. Tu inspires profondément, puis tu t'assois sur une feuille en te forçant à réfléchir calmement.

Tu as toujours besoin de retrouver le réfrigérateur. Il faut que tu revoies ce bocal de beurre d'arachide mauve. C'est la seule façon de trouver un moyen de cesser de rapetisser et de revenir à ta taille normale.

Même minuscule, tu ne lâches pas. Retrouver le réfrigérateur sera difficile, mais pas impossible.

Te sentant mieux, tu te lèves et te prépares au long périple jusqu'à la maison. C'est alors que tu entends un fort sifflement.

Tu lèves les yeux et aperçois deux grands yeux jaunes qui te dévisagent.

Va à la PAGE 110.

Tu cours vers la porte moustiquaire qui te semble à des kilomètres.

Bouledepoil atterrit sur le balcon et s'élance vers toi.

Devant toi, la porte se referme... puis s'ouvre de nouveau. C'est le vent qui la fait battre.

Tu y es presque, plus que quelques centimètres...

Et une grosse patte velue s'écrase dans ton dos.

Oh non!

Tu sens l'haleine chaude de Bouledepoil dans ton cou. Tu lèves les yeux et aperçois ses dents tranchantes qui approchent de ton visage.

Soudain, il lève la patte. Il te laisse aller!

Tu bondis sur tes jambes et cours vers la porte. Tu n'as que quinze centimètres environ à faire lorsque VLAN! Bouledepoil t'épingle de nouveau.

Tu te rappelles maintenant qu'il aime bien jouer avec sa proie avant de la tuer. Ta seule chance est d'atteindre la porte la prochaine fois qu'il te relâchera.

Mais y arriveras-tu? Cela dépend si c'est ton jour de chance.

Si c'est lundi, mercredi, jeudi ou vendredi aujourd'hui, va à la PAGE 124.

Si c'est mardi, samedi ou dimanche, va à la PAGE 31.

Tu te sens étrange.

— Parle, extraterrestre! crie le professeur Hétu.

Mais ta bouche ne veut pas bouger. Tu jettes un regard sur le professeur qui se met à grandir.

Il grandit de plus en plus vite. La boulangerie et les arbres croissent eux aussi. Les regarder te donne la nausée.

Tout d'un coup, tu te rends compte qu'ils ne grandissent pas... c'est toi qui rapetisses! Tu retrouves finalement ta taille normale! Ce qui causait ton problème cesse de faire effet!

En moins d'une minute, tu es debout près du camion rouge du professeur Hétu. Autour de toi, les gens crient et gesticulent. Tu entends toujours le bruit des sirènes. Bouche bée, le professeur Hétu semble paralysé.

Faisant tout pour paraître au-dessus de tes affaires, tu t'éloignes dans la foule sans te presser.

— Hé, toi! t'avertit un policier. Pars d'ici au plus vite. Il y a un extraterrestre en liberté.

— Ah oui? réponds-tu innocemment avant de hausser les épaules. Ça ne me fait pas peur.

FIN

Pendant que tu brasses le mélange, Elfie ajoute une minuscule pincée de poudre à rapetisser. Tu fermes le couvercle de la benne à ordures et allumes un feu.

Tu attends que cuise le gâteau. L'odeur est écœurante, mais tant pis. Tu mangerais n'importe quoi pourvu que ça te rende ta taille normale !

Le feu meurt lentement. Lorsque la benne a refroidi, tu soulèves le couvercle. Le gâteau est vert et grumeleux. Ça sent les déchets assaisonnés à la cannelle.

Tu meurs d'impatience d'y goûter.

Tu ouvres la bouche toute grande et en prends une grosse bouchée. C'est encore plus mauvais que tu ne croyais. Tu as l'impression d'avoir la bouche pleine de boue !

Mais tu mastiques, avales et attends.

Rien ne se passe.

— Manges-en plus, te suggère Elfie.

— C'est trop dégoûtant, te plains-tu.

Elfie te tend deux gobelets remplis de liquide : un liquide mauve, l'autre bleu.

— L'un des deux t'aidera peut-être. C'est un garçon que je connais qui me les a donnés, c'est un vrai scientifique.

Les gobelets te rappellent quelque chose. Tu as lu *Sang de Monstre III*, un livre de la collection «Chair de poule». Dans cette aventure, un garçon avait inventé un liquide qui faisait rapetisser. De quelle couleur était donc ce liquide ?

Si tu choisis le liquide bleu, va à la PAGE 67.
Si tu prends le mauve, va à la PAGE 28.

Pas question de jouer avec Patricia-la-peste et ses poupées. Tu croises les bras sur ta poitrine et regardes ta cousine.

— Vas-y, la provoques-tu. Dis-le. Je m'en fous.

— Tu vas t'en repentir! fait Patricia avant de partir.

Tu l'entends appeler Bertrand.

«Fantastique, penses-tu. Je vais me faire rosser!»

Des pas s'approchent. Tu cherches des yeux un endroit où te cacher. Tu ouvres le réfrigérateur et entres à l'intérieur. La porte se referme derrière toi.

— Il n'y a personne ici, grogne Bertrand.

— Mais, Bertrand, je te dis...

De ta cachette, tu devines que Patricia est confondue. Tu les entends remonter tous les deux.

«Je vous ai eus!» penses-tu.

Mais tel est pris qui croyait prendre. Lorsque tu essaies de rouvrir la porte, tu te rends compte qu'elle est coincée. Tu te jettes de tout ton poids dessus. Rien! Te voilà dans le réfrigérateur et l'air commence à manquer.

Tu pousses et cries; personne ne t'entend. Il faudra des heures avant que ton oncle et ta tante reviennent du travail. Bertrand et Patricia sont probablement retournés jouer dehors.

En aspirant goulûment ta dernière bouffée d'air, tu te dis que jouer à la poupée avec Patricia aurait été moins tragique que cette terrible

FIN.

— Pourquoi est-ce qu'on ne peut pas descendre au sous-sol? demandes-tu.

— Nous ne l'avons pas nettoyé depuis notre arrivée, te dit ta tante. Les gens qui habitaient la maison étaient très étranges. Nous ne savons pas ce qu'ils ont laissé en bas. Ça pourrait être dangereux.

— Commençons! ordonne Bertrand une fois que ses parents sont entrés dans la maison. Tu te rappelles nos règlements de cache-cache?

— Je m'en rappelle, soupires-tu. Qui pourrait les oublier?

— Celui qui cherche peut frapper celui qu'il trouve, te rappelle quand même Bertrand-la-brute.

— Parfait, dis-tu. Je commence.

— Non, non, réplique Bertrand. C'est ma maison, c'est moi qui commence. Allez vous cacher pendant que je compte jusqu'à cent.

Il rit en te montrant son poing. Il ferme ensuite ses yeux et tourne son visage.

Ça promet! Va à la PAGE 108.

Tu décides de retrouver le réfrigérateur. Il te faut ce bocal pour y lire l'étiquette, s'il y en a une. Elle t'indiquera quoi faire ou, au moins, de quoi est composé ce beurre d'arachide.

Tu cours vers la porte de devant, mais tu t'arrêtes soudain en te frappant le front. Où est le dépotoir et comment s'y rendre?

Bon. Bertrand est ton seul espoir.

Tu seras la gentillesse et la politesse incarnées. Tu le supplieras s'il le faut. Tu le cherches dans toute la maison. Il est étendu dans le salon devant le téléviseur.

— Salut, Bertrand, dis-tu d'une voix mielleuse.

— Mmm, grogne-t-il sans te regarder.

— Bertrand...

— Tiens-toi tranquille, veux-tu?

Il regarde *King Kong*, s'identifiant probablement au grand singe.

— Bertrand, s'il te plaît, répètes-tu. Je dois aller...

— Veux-tu te taire? fait Bertrand d'un ton sec, les yeux rivés sur l'écran.

Ces petites taches roses se remettent à danser devant tes yeux. Dès que les picotements dans tes doigts et tes orteils cessent, tu te rends compte que tu as encore rapetissé de quelques centimètres. Ta tête arrive maintenant au niveau du bras du fauteuil! Quand cela va-t-il cesser? Vas-tu rapetisser au point de disparaître?

Va à la PAGE 81.

Ton prénom contient un nombre de lettres pair. Tu continues de te battre avec la souris à l'aide de la brochette. Tu te penches dès qu'elle tente de t'attraper ou de te mordre.

Elle s'arrête pour reprendre son souffle. C'est le moment que tu attendais. Tu te lances sur la souris dont tu égratignes la patte.

Avec un cri de douleur, elle se tourne de nouveau vers toi. Elle est enragée. Gueule grande ouverte, elle tente de te mordre.

Tu te précipites de l'autre côté de l'armoire où elle te poursuit. Ta seule chance est de t'échapper par le trou de la souris.

Tu plonges vers le trou, la souris à tes trousses. Il y a de l'herbe devant toi... c'est la liberté ! Tes épaules se coincent dans l'ouverture et tu ne peux plus bouger. Tu es incapable d'avancer ou de reculer.

La souris est juste derrière toi ; tu sens son haleine sur tes jambes.

Si seulement tu pouvais rapetisser un petit peu !

Malheureusement, le temps presse.

Tant pis ; on dirait que tu as perdu ton duel avec la souris.

FIN

Bertrand se trouve à l'autre bout du terrain de jeu. Pas question qu'il t'empêche de jouer à la balle.

Tu as de la chance ; pas besoin de te battre avec lui.

— Attends une minute, Bertrand, lui dit un blond pas très grand. C'est pas une poule mouillée. Viens, te dit-il. Tu peux faire partie de notre équipe.

Tu tires la langue à Bertrand et te joins aux membres de l'équipe adverse. Tu espères seulement qu'ils ne te rejetteront pas quand ils découvriront la terrible vérité.

Ta spécialité : te faire retirer au bâton.

— Viens, dit le blond. C'est à toi.

Tu fais de ton mieux pour les impressionner. Le bâton en main, tu te rends au marbre. Tu regardes le lanceur, une fille rousse au regard mauvais. Tu agrippes le bâton et attends son lancer.

— Première prise ! crie l'arbitre.

Tu ne penses pas être capable d'un retrait, pas avec les yeux de Bertrand fixés sur toi. Tu te concentres sur la prochaine balle.

Le lanceur t'expédie une balle rapide.

Frappe-la à la PAGE 135.

Ton gros cousin désagréable s'approche de toi.

— Je t'ai! s'exclame Bertrand. Je peux maintenant te réduire en miettes!

Tu bondis sur tes pieds, mais c'est trop tard. Bertrand t'attrape par ton t-shirt.

— Lâche-moi! cries-tu, sans succès.

Bertrand a toujours été la pire brute de ta connaissance. Pendant des années, ton seul rêve a été de le battre.

— Qu'est-ce qu'il y a, poule mouillée? raille Bertrand. Tu as peur de moi?

— Non! t'exclames-tu.

Si seulement c'était vrai.

Bertrand te donne un coup de poing sur l'épaule. Tout en sachant que ce sera pire, tu le frappes en retour. À ta grande surprise, Bertrand lâche ton chandail et recule de quelques pas.

— Oh! Je ne savais pas que tu frappais si fort!

Toi non plus! C'est pratique. Tu donnes un autre coup sur le bras de ton cousin.

— Arrête! s'écrie-t-il en se mettant à courir.

Pas vrai! Bertrand te fuit!

«Cette visite sera peut-être différente, après tout», penses-tu.

C'est peut-être le temps de retourner dans la maison. Bertrand va te laisser tranquille pendant un bout de temps. Tu avances de deux pas, mais un bruit de déchirure t'arrête. Tu trébuches et t'affales de tout ton long.

Que s'est-il passé?

Va à la PAGE 80.

Tu attrapes le gobelet de liquide mauve et le verse sur le gâteau. Le liquide est vite absorbé par la pâte qui devient couleur lavande. Tu en manges une grosse bouchée.

Puis tu attends.

Tu attends encore un peu.

Soudain, tes dents se mettent à grincer, tes genoux s'entrechoquent et ton corps se balance d'avant en arrière.

«Ça marche! penses-tu. Finalement, ça marche!»

Tes dents grincent tellement que tu as peur que tes plombages ne décollent.

Ton corps se calme soudain. Tu regardes autour de toi. Tu as repris ta taille normale!

— Hé, Elfie! t'écries-tu. Regarde-moi!

Tu tentes de te retourner vers la pâtissière, sans y réussir. Tu n'arrives à plier ni bras ni jambes. Que se passe-t-il? Ton cou est tout raide lui aussi.

— Oh là là! dit Elfie. Je pense que le liquide mauve n'était pas le bon. Tu as pris la forme d'un bonhomme en pain d'épices.

— Quoi? t'écries-tu en remarquant tout à coup tes vêtements en sucre coloré.

— Ne t'inquiète pas, dit Elfie en te transportant à l'intérieur de la pâtisserie. Les biscuits en pain d'épices se vendent très bien cette année. Je vais te placer au centre de la vitrine. Je suis certaine que tu vas trouver un nouveau foyer avant d'avoir trop rassis!

FIN

Quelque chose sent très bon dans le réfrigérateur! Ça sent si bon que l'eau te vient à la bouche.

Tu avais un petit creux, mais maintenant tu as une faim de loup.

Un plat qui sent si bon doit avoir un goût incomparable!

Tu sors les deux contenants du réfrigérateur et les examines. L'un est un petit bocal qui contient une espèce de pâte mauve. L'autre est une boîte à gâteau blanche sur laquelle est écrit en lettres de fantaisie: PÂTISSERIE DES FÉES, LE VALLON.

À l'intérieur de la boîte, il y a un gros morceau de gâteau au chocolat.

Tu te penches et te mets à sentir. Surprise! C'est la drôle de substance mauve qui a un arôme si appétissant. On dirait un mélange de beurre d'arachide, de gelée aux fruits et de chocolat.

Le gâteau ne sent rien du tout.

Ton estomac crie famine.

Que vas-tu manger? La substance mauve à l'odeur alléchante ou le morceau de gâteau?

Si tu goûtes à la substance mauve, va à la PAGE 17.

Si tu essaies le gâteau, va à la PAGE 111.

Tu as vu le jour un des six premiers mois de l'année. Tu sautes le plus haut possible et retombes sur le bouton numéro six.

Pendant un moment, rien ne se passe. Puis le laser se met à bourdonner. Tu te tournes et regardes la machine qui devient verte, puis blanche, puis jaune. Soudain, tu as tellement sommeil que tu dois faire une sieste.

En t'éveillant, tu te retrouves en boule sur la table du laboratoire, un sarrau blanc sur le dos. Tu t'étires et bâilles. Étrange! Tu te sens gigantesque. En te levant, tu te rends compte que ta taille a changé. Tu cours à la fenêtre et te regardes dans la vitre.

C'est le professeur Abel qui te rend ton regard.

Tu regardes tes mains; ce sont des mains d'homme, toutes poilues.

Tu jettes maintenant un coup d'œil dans le laboratoire. Un enfant est endormi sur une chaise. Ses yeux s'ouvrent lentement. Il y a quelque chose d'étrangement familier dans ce visage...

Cet enfant, c'est toi!

Va à la PAGE 132.

31

Bouledepoil lève de nouveau sa patte.

Tu te libères et cours vers la porte.

En l'atteignant, le vent l'ouvre.

Oh non! Bouledepoil va te suivre à l'intérieur!

Mais tu n'as pas le choix. Tu te glisses quand même par l'ouverture.

Bouledepoil est derrière toi, mais le vent tombe au bon moment et la porte se referme sur le nez du chat.

— MIIIIAOU! proteste ce dernier en te regardant par la porte moustiquaire.

— Tant pis, minou, lui dis-tu. Meilleure chance la prochaine fois.

Mais ce n'est pas encore gagné. Tu dois encore trouver le moyen de revenir à ta taille normale!

Va à la PAGE 58.

Tu cours à toutes jambes vers Le Vallon. Les voitures de police te poursuivent. À gauche se trouve l'autoroute; à droite, la rivière.

Tu as une idée. Tu cesses de courir et traverses la rivière d'un bond. Toutes les voitures de police s'arrêtent, tournent sur les chapeaux de roues et se mettent en quête du pont le plus rapproché. Tu souris. Il te reste amplement de temps maintenant.

Te voilà enfin au Vallon. D'un coup d'œil, tu scrutes le centre de la ville. Voici la pâtisserie, une petite maison en bois gris.

Les résidents de la ville te fuient en criant et en courant. Peu importe. Il faut que tu retrouves la pâtissière. De délicieux effluves s'échappent de la petite maison.

D'un coup de ton petit doigt, tu frappes à la porte.

Une femme rondelette aux cheveux gris vient ouvrir. Tu imagines qu'elle va se mettre à hurler, mais elle n'en fait rien. Elle penche sa petite tête en arrière afin que ses yeux rencontrent les tiens.

— Je m'appelle Elfie. Puis-je vous aider? te demande-t-elle.

— J'espère bien, réponds-tu avant de lui expliquer ton problème en long et en large. Je pense que c'est à cause de votre gâteau.

— C'est donc ce qui est arrivé au gâteau au chocolat, dit-elle.

Va à la PAGE 62.

Tu décides d'essayer le nouvel appareil réducteur. Arnold te conduit dans une pièce remplie d'équipements où il te montre le plus gros appareil.

— Voici le Superréducteur, dit-il.

L'appareil est si gros qu'il touche le plafond. Il est bardé de leviers, de courroies et de poids. Il y a aussi un petit banc muni de coussins et de ceintures de sécurité. On dirait l'instrument de torture d'un vieux film d'horreur. Tu n'as peut-être pas eu une si bonne idée après tout.

Mais avant que tu ne changes d'avis, Arnold te pousse sur le banc où tu t'étends sur le dos en regardant le ventre du gros appareil.

Arnold te place sur la tête un casque d'acier qui t'empêche de voir. Seule ta bouche est exposée afin de te laisser respirer. Il attache des courroies autour de ta tête, de tes poignets et de tes chevilles. Il allume ensuite l'appareil.

Avec un bourdonnement assourdissant, l'appareil se met à trembler. Les courroies agitent tes bras comme des ailes. Un système de poulies fait remonter tes jambes comme si tu nageais. En même temps, le casque envoie des vibrations dans ta tête.

Après plusieurs minutes, le bourdonnement cesse. Tes bras et tes jambes s'immobilisent; Arnold t'enlève le casque et te détache.

Cela a-t-il fonctionné? As-tu rapetissé?

Cours à la PAGE 96!

Tu descends en vitesse au sous-sol et ouvres le réfrigérateur. La boîte de gâteau vide est toujours à côté du bocal de substance mauve. Sur la boîte blanche, il n'y a pas de liste d'ingrédients, mais le nom de la pâtisserie. D'un geste sec, tu rejettes la boîte sur une tablette, ce qui fait vibrer le pot de beurre d'arachide mauve.

Une pensée idiote te traverse l'esprit. Si le gâteau fait grandir, le beurre d'arachide ferait-il rapetisser? Tu te rappelles *Alice au pays des merveilles*: certains aliments la faisaient grandir et d'autres, rapetisser.

Essaie donc. Tu attrapes le bocal, y trempes ton doigt et en prends une grosse bouchée. Le goût est horrible! C'est une combinaison de choux de Bruxelles et de foie de veau. Tu te forces à avaler tout le contenu du bocal. Rapetisseras-tu?

Un picotement envahit tout ton corps.

«Ça marche! te dis-tu. Je rapetisse!»

Mais quelque chose frappe violemment ta tête. C'est le plafond, qui se trouve à quelques centimètres de ton nez. Qu'est-ce qui se passe?

Le réfrigérateur est bien plus bas. Tous les meubles semblent appartenir à une maison de poupée. Tu as donc grandi de près d'un mètre! Cette substance te fait grandir encore plus vite! Tu atteins une taille telle que tu ne sais pas si tu pourras jamais ressortir du sous-sol!

Vite! Va à la PAGE 15.

Tu n'as pas envie d'avoir des problèmes le jour même de ton arrivée.

— C'est bon, c'est bon, dis-tu à Patricia. Où est ta maison de poupées?

— Sur le balcon, répond ta cousine. Viens avec moi.

Tu suis Patricia dans l'escalier lorsque, soudain, tu dois t'arrêter!

D'étranges sensations t'envahissent. Tes doigts et tes orteils picotent et de petites taches roses dansent devant tes yeux.

— Viens! se lamente Patricia du haut de l'escalier. Tu as dit que tu jouerais.

Tu secoues la tête et tout revient à la normale. «C'est étrange», penses-tu. Te relever très vite ne t'a jamais causé de problèmes auparavant.

Impatiente, Patricia tape du pied.

— Est-ce que je dois appeler Bertrand? demande-t-elle.

— J'arrive! J'arrive! dis-tu en courant dans l'escalier.

Tu ressens une espèce de fatigue; l'escalier est peut-être plus abrupt qu'il n'y paraît.

Tu suis Patricia sur le balcon et t'assois près d'elle. Cette maison de poupées est fantastique. Ses trois étages sont remplis de meubles. Il y a même un petit piano et une minuscule guitare.

Tu avances la main pour déplacer une chaise dans la maison, mais tu remarques que Patricia ouvre grands les yeux de surprise.

Va à la PAGE 102.

C'est le professeur Abel! Un minuscule professeur Abel!

— Regarde ce qui m'est arrivé! te crie le professeur du plancher. J'ai utilisé la mauvaise formule. Et je suis maintenant tout petit!

Inimaginable... Que faire maintenant?

— Ne t'inquiète pas! te rassure le professeur Abel. Je pense qu'on va pouvoir retrouver nos tailles normales, tous les deux. Il faut renverser la formule du fusil laser. Mais où est la télécommande?

Tu regardes autour de toi.

— Elle est là! t'exclames-tu, sur l'autre table.

— Elle doit m'avoir échappé lorsque la pièce s'est mise à trembler, te dit le professeur. Nous allons nous mettre à deux pour changer la formule.

— Mais comment pouvons-nous atteindre le fusil?

— Je vais grimper à un pied de la table, dit le docteur. Penses-tu pouvoir sauter de l'autre table?

Les tables sont à trente centimètres de distance, mais c'est un grand espace pour quelqu'un d'aussi petit que toi. Tu approches du bord de la table et regardes en bas. Le plancher te semble très loin. Si tu tombes, tu vas probablement te fracasser les os.

Peut-être, au lieu de sauter, pourrais-tu descendre d'abord de cette table et faire l'ascension de l'autre. Qu'en penses-tu?

Si tu décides de faire le grand saut, va à la PAGE 57.

Si tu penses devoir d'abord descendre, va à la PAGE 115.

Tu pagaies en direction du petit étang. On dirait que l'eau y est plus épaisse et plus sale. Ton bateau-bâtonnet de sucette glacée avance comme une tortue.

Tu t'approches des grands insectes bruns. Tu les vois maintenant de très près.

Ce sont de grosses punaises d'eau munies de longues antennes et de redoutables mandibules! Elles sont au moins quatre fois plus grosses que toi. Même si tu étais de taille normale, ces insectes te paraîtraient bien gros!

— Hiiii! t'écries-tu.

Tu ne peux t'en empêcher tant les punaises d'eau t'ont toujours paru dégoûtantes. Il y en a maintenant partout autour de toi. C'est pire qu'un cauchemar.

Les grosses bestioles grimpent aux parois de l'égout. Elles nagent dans l'eau près de toi avec d'affreux claquements.

L'une d'elles s'approche de toi en nageant. Sa longue antenne se tend vers le bâtonnet de sucette. Ses horribles pattes velues frappent l'eau.

Les yeux noirs de l'insecte s'arrêtent sur toi. Et maintenant... non! Il tente de grimper à tes côtés sur le bâtonnet!

C'est dégueu!

Va à la PAGE 3... si tu peux le supporter!

Tu plonges vite sous le grand chapiteau. C'est terriblement bruyant ici. Tu entends les applaudissements, les rires et les rugissements des fauves sur la piste. Au début, personne ne te remarque, même si tu es gigantesque. Tout le monde est occupé à regarder le spectacle.

Au centre de la piste, un homme vêtu de blanc est entouré de cinq tigres assis sur des tabourets colorés. L'homme leur fait exécuter des tours. Un des tigres saute même à travers un cerceau enflammé.

La foule applaudit. L'homme en blanc fait saluer le tigre, mais, au lieu de retourner sagement sur son tabouret, le tigre se précipite hors de la piste.

Et il court droit sur toi!

Vite! Sauve-toi à la PAGE 87.

Tu as besoin d'aide, et tout de suite!

Tu files vers le pavillon de physique. Tu réussis à escalader l'unique marche au moment où quelqu'un ouvre la porte. Tu en profites pour entrer. Tu t'arrêtes un moment pour reprendre ton souffle; c'est fatigant d'être aussi minuscule!

Tu longes un long couloir à la recherche de quelqu'un qui pourrait t'aider. Des hommes et des femmes circulent autour de toi, mais comme ils ne regardent jamais à leurs pieds, ils ne te voient pas.

— Au secours! cries-tu. Quelqu'un peut-il m'aider?

En t'entendant, une femme regarde par terre.

— Aaaaaah! hurle-t-elle. Une souris!

— Où ça? demandes-tu en jetant un regard autour de toi.

C'est alors que tu te rends compte que c'est de toi qu'elle a peur. Elle te prend pour une souris!

— Tuez-la! Appelez le concierge!

Tu ferais mieux de quitter ce couloir au plus vite! Deux portes sont ouvertes. Celle qui se trouve à l'autre bout du couloir porte la carte PROFESSEUR ABEL, LABORATOIRE. Peux-tu y arriver avant le concierge? Mais peut-être ferais-tu mieux d'entrer à côté, là où il n'y a aucune indication?

Plonge dans la pièce qui n'est pas identifiée à la PAGE 8.

Ou cours vers le laboratoire du professeur Abel à la PAGE 109.

Tu n'as pas la force de soulever l'éléphant.

Tu souffles par le nez et tends tes muscles sans succès. Les spectateurs te huent et les clowns te lancent des ballons remplis d'eau. Même l'éléphant Dodo semble déçu. Une bande de clowns en petite voiture te chassent de la piste en te jetant des confettis.

Mais ne sois pas trop triste.

Tu vas continuer à travailler avec ton ami l'éléphant. En fait, on t'a confié la tâche la plus importante : nettoyer le cirque.

Oui, oui! Toi et ta pelle avez atteint la queue de cette histoire.

Personne n'a jamais dit que le monde du spectacle était toujours enivrant. Tu as quand même réussi à te faire une place sous le grand chapiteau!

Tu vas maintenant passer beaucoup de temps à regarder l'éléphant par la

FIN.

Te voilà maintenant à ce point énorme que tu avances à pas de géant. Il ne te faut pas beaucoup de temps pour distancer les voitures et les hélicoptères de police.

Mais où te cacher avec cette taille? Tu vas avoir besoin d'aide.

Où? Les policiers te prennent pour un mutant ou un être venu d'une autre planète. Tes cousins ont peur de toi. Qui va donc pouvoir t'aider?

Tu repenses au début de l'aventure. Si seulement tu n'avais pas mangé cette pointe de gâteau au chocolat. C'est sans doute ce qui a provoqué une croissance aussi rapide. Il n'y a pas d'autres causes.

Mais qui a fabriqué ce gâteau?

Tu fermes les yeux, tentant de te rappeler le nom écrit sur la boîte. Était-ce Pâtisserie des Fées, Le Vallon? Ou Pâtisserie en Folie, Villeroi?

Si tu te le rappelles, tu sais exactement où tu dois aller. Sinon, tu dois deviner.

Rends-toi à la Pâtisserie des Fées à la PAGE 32.
Cherche la Pâtisserie en Folie à la PAGE 74.

— Je me rends! dis-tu au professeur Hétu.

Mais sortant d'un si gros corps, ta voix ressemble au grondement du tonnerre. Personne ne saisit tes paroles.

— Rends-toi ou nous allons te capturer! répète le docteur Hétu. Un...

— Je me rends! répètes-tu.

— Deux!

Comment lui faire comprendre que tu abandonnes? Tu lèves tes bras dans les airs.

Malheureusement, un hélicoptère passe au-dessus de toi au même moment. Ta main l'envoie valser et le petit hélicoptère s'écrase au sol.

— C'est l'attaque! hurle le scientifique.

— Attendez! cries-tu. C'était un accident!

Ta voix est si forte qu'elle fracasse les vitres de toutes les voitures de police.

— Couchez-vous! crie le docteur en se cachant sous un car de la télévision. La créature passe à l'attaque!

— Non! cries-tu en te jetant à genoux. Vous ne comprenez pas, ajoutes-tu dans un murmure, qui renverse un char d'assaut.

— Passons au plan B! s'écrie le docteur Hétu.

De quel plan s'agit-il?

Découvre-le à la PAGE 75.

Rien.

À plat ventre sur la cannette, tu passes ta tête par l'ouverture. Tu n'en crois pas tes yeux.

Elle est vide !

Pas de Sang de monstre ! Pas de substance miraculeuse ! Rien !

La cannette se remplit rapidement d'eau sale et tu t'y accroches, même si elle s'enfonce... de plus en plus.

Eh bien, marin d'eau douce, il semble que tu as fait le mauvais choix. Tu te noies !

FIN

Tu prends une profonde inspiration et files dans la maison de poupées.

D'un bond, Bouledepoil saute sur le balcon et se jette sur toi.

Tu sens son haleine dans ton cou au moment où tu ouvres la porte de la petite maison. Tu entres et refermes la porte derrière toi.

— Miaou! miaule Bouledepoil, frustré.

Tu jettes un œil par une des fenêtres pour le voir te dévisager. Il essaie de passer sa patte par la fenêtre, mais sans succès.

Tu regardes autour de toi. C'est une jolie petite maison avec des meubles tout à fait confortables. Dommage que le petit téléviseur ne fonctionne pas.

Tu explores les autres pièces, mais tout est fait pour les poupées. Une famille entière est assise dans la cuisine, mais le faux réfrigérateur ne contient aucune nourriture.

Tu te laisses tomber sur un sofa rayé et regardes par la fenêtre. Bouledepoil continue de faire les cent pas devant la maisonnette.

Il sait que tu te trouves à l'intérieur. Pas question de sortir avant qu'il ne s'éloigne.

C'est alors que tu entends quelque chose qui te redonne espoir.

Va à la PAGE 117.

— Coui! répète la souris en sautant sur toi.

— Hé! t'écries-tu.

Tu étouffes dans la fourrure de la souris dont le museau se trouve juste dans ton visage. Son haleine est chaude et aigre.

— Lâche-moi! hurles-tu.

La souris continue de pousser de petits cris, plus doucement, puis elle commence à te lécher la figure. S'apprête-t-elle à te manger?

Non, elle te lave le visage. Cela fait, elle entreprend de te laver en entier. Elle t'attrape ensuite dans sa bouche humide en te tenant fermement entre ses dents sans te faire de mal.

Elle t'emporte par le trou de souris dans une petite cavité sous la maison. Tu vois maintenant où elle va: un nid douillet composé de fourrure, de brins d'herbe et de brindilles. Nichés tout au centre, trois petits bébés souris. Chacun a la même taille que toi.

— Non!

Mais la souris ne t'écoute pas. Elle te lèche une autre fois, puis te laisse tomber dans le nid avec ses bébés.

On dirait qu'elle a décidé de t'adopter.

Mais réjouis-toi, ça pourrait être pire. Tu auras chaud et tout plein à manger... pourvu que tu aimes le fromage et les miettes de pain.

La chose la plus difficile sera de réussir à filer comme une souris.

FIN

La sensation de chaleur se répand dans tout ton corps. Tes muscles picotent et le sol se met à trembler. Un sourd grondement se fait entendre.

Les branches d'arbres te fouettent le visage.

Tu regardes en haut ; les arbres sont de nouveau au-dessus de ta tête. La formule de croissance a finalement cessé de faire effet ! Tu as retrouvé ta taille normale !

Malheureusement, tes mains sont toujours agrippées aux épaules de Bertrand. La bouche et les yeux de ce dernier sont ouverts tout grands. On le dirait en état de choc. Dès que tu le relâches, il te dévisage. Plus que jamais, il a l'air d'une brute.

— Toi ! s'écrie Bertrand. C'était toi, le monstre, poule mouillée !

Tu recules d'un petit pas.

— Euh, Bertrand...

Il ne te laisse pas finir ta phrase.

— Et c'était quoi la promesse ? demande-t-il.

— Euh... rien, réponds-tu en reculant plus vite.

— Une promesse est une promesse. J'avais promis de te rosser !

Au moins tu as retrouvé ta taille normale. Mais si la formule avait fonctionné un peu plus longtemps, tu aurais pu échapper à Bertrand-la-brute.

Eh bien, il semble que ta chance de te venger de ton cousin soit arrivée à sa

FIN.

Sans blague!

Es-tu mauviette au point de ne pas descendre au sous-sol?

Juste parce que ton oncle et ta tante t'en ont défendu l'accès?

Parce que ça pourrait être dangereux?

Un peu de cran!

Retourne faire ton choix à la PAGE 108.

48

Tu attends avec terreur que la langue du lézard te cueille.

Mais il ne se passe rien. Après un moment, tu ouvres lentement les yeux. À quelques centimètres de toi, le lézard mâchouille un brin d'herbe.

Il n'en avait pas contre toi, finalement! Des yeux, tu fais le tour du dépotoir. Derrière le lézard, appuyé contre un rocher, se trouve un gros réfrigérateur sans porte. Il ressemble drôlement à celui qu'il y avait au sous-sol chez ta tante!

Tu cours vers le réfrigérateur. Est-ce le bon? Le pot de beurre d'arachide mauve y est-il toujours?

Ta taille ne te permet pas de faire l'inventaire des tablettes, il faudra que tu grimpes. Mais comment?

Tu regardes autour de toi et trouve une longue ficelle de cerf-volant. Pour toi, cette ficelle est aussi grosse qu'une corde. Ça te donne une idée. Tu attaches la ficelle à une épingle de sûreté rouillée que tu viens de découvrir.

Tu te mets ensuite à faire tourner l'épingle au-dessus de ta tête, un peu comme le font les alpinistes. Lorsque l'épingle tourne assez vite, tu la lances vers les tablettes du réfrigérateur.

S'y accroche-t-elle?

Découvre-le à la PAGE 133.

C'est alors que tu as une idée, une très bonne idée. Dans *Alice au pays des merveilles,* certains aliments font grandir Alice et d'autres la font rapetisser. Est-ce que le beurre d'arachide et le gâteau au chocolat agiraient de la même façon? Peut-être est-ce pourquoi ils se trouvent ensemble dans le frigo!

De plus, tu n'as plus rien à perdre.

Tu regardes dans la boîte. Elle ne contient qu'une miette de gâteau et un peu de glace.

Tu n'as pas tellement grossi; peut-être cela sera-t-il suffisant.

Mais que vas-tu manger? La miette ou la glace?

Essaie la miette de gâteau à la PAGE 97.
Goûte à la glace à la PAGE 107.

Tu cours dans la salle de bains. Le miroir est encore plus haut que la veille. Tu dois grimper sur un banc pour t'y regarder.

C'est vrai. Tu es semblable, mais en plus petit. En t'habillant, tu te rends compte que tes vêtements ne te font plus. Ils sont trop grands, sauf le jean et le t-shirt que tu portais hier. Ce qui t'a fait rapetisser les a aussi fait rétrécir. Mais qu'est-ce que c'est?

— Hier, hier... marmonnes-tu.

Tu fais les cent pas dans la chambre pour te rappeler tous tes gestes des vingt-quatre dernières heures. Mais c'est difficile de se concentrer quand une telle terreur nous envahit.

— D'accord, dis-tu à voix basse en essayant de te calmer, j'ai déjà pris l'avion sans que ça me fasse quoi que ce soit. J'ai déjà mangé la cuisine de tante Flore...

Soudain, tu claques les doigts!

C'est ça! Le beurre d'arachide mauve! Tu n'as jamais mangé rien de semblable avant. En fait, tu ne sais même pas ce que c'était.

Tu devrais vite vérifier!

Tu cours droit au sous-sol. Mais lorsque tu en ouvres la porte, ton cœur s'arrête!

Va à la PAGE 100.

Tu cours hors de portée du professeur Abel.

— Ne me faites pas mal, s'il vous plaît, supplies-tu. J'ai besoin de votre aide.

— Comment pourrais-je te faire mal? demande-t-il. Tu n'existes même pas.

— Que voulez-vous dire? demandes-tu.

— J'ai travaillé trop fort, marmotte le docteur. Je commence à avoir des visions, ajoute-t-il en s'assoyant.

Il dénoue d'abord ses lacets, puis rattache ses chaussures séparément. Il se frotte ensuite les yeux.

— Je suis un vrai enfant, insistes-tu. Je ne suis pas seulement un effet de votre imagination.

Il te dévisage d'un air méfiant.

— Je sais quoi faire! t'exclames-tu. Demandez à ma tante Flore. Elle travaille ici, à l'université.

— Tu as des références? te demande le scientifique.

— S'il vous plaît, croyez-moi.

Tu lui expliques alors ce qui t'est arrivé.

— Je pense que c'est à cause du beurre d'arachide mauve, dis-tu. Mais, chose certaine, je continue de rapetisser. Si vous ne m'aidez pas, je vais bientôt disparaître.

Le professeur Abel te regarde en silence. Soudain, sa bouche se fend d'un large sourire.

— Mon enfant, dit-il, tu as frappé à la bonne porte!

Va à la PAGE 86.

Un bâtonnet de sucette glacée flotte dans ta direction.

Tu y grimpes aussitôt. Au moins, tu n'as plus à marcher dans l'eau.

Mais comment sortir de l'égout collecteur?

Tu aperçois un cure-dent qui flotte sur l'eau. Tu t'en empares et t'en sers pour ramer. Tu diriges ainsi ton bateau-bâtonnet dans le courant.

Après quelques minutes où des odeurs épouvantables t'assaillent, tu entends un clapotement qui se transforme vite en grondement. Le courant débouche dans une chute d'eau!

D'un côté se trouve une mare agitée. C'est sans doute plus sûr que les chutes. Mais la mare est infestée de gros insectes bruns.

Quel choix dégoûtant!

Pourquoi ne pas laisser le choix à la chance? Fais sauter une pièce de monnaie trois fois. Si elle retombe pile ou face trois fois d'affilée, conduis ton bâtonnet à la PAGE 77.

Si la pièce tombe pile deux fois et face une fois ou l'inverse, va à la PAGE 37.

Tu décides de rentrer à la maison. Quelle longue journée! Tu en as ras-le-bol des aventures!

Sur le chemin du retour, tu passes près d'un téléphone payant.

Clic! Clong! Clang!

Des pièces de monnaie te recouvrent des pieds à la tête.

En arrivant chez ton oncle, tu as réussi à mettre dans tes poches soixante-treize dollars en pièces de monnaie.

«C'est toujours utile, de la monnaie», te dis-tu. Si quelqu'un te demande où tu as trouvé tout ça, tu leur diras que tes poches, ta chemise, ton t-shirt, tes chaussettes... en sont pleins!

FIN

C'est un cirque !

« Il y aura des gens de toutes tailles dans un cirque », te dis-tu. Et le grand chapiteau est bien assez haut pour te couvrir ; de plus, il y a plusieurs petites tentes. Tu entreras sûrement dans l'une ou l'autre.

Tu quittes l'autoroute et cours à travers champs. Tu effraies bien quelques chevaux et un troupeau de ruminants, mais tu réussis à atteindre le cirque sans encombres.

On te poursuit toujours, cependant.

Les voitures de police et les hélicoptères ne sont pas loin. Vite ! Dans quelle tente entreras-tu ?

Sous le grand chapiteau ? Va à la PAGE 38.
Dans une autre tente ? Va à la PAGE 130.

Le lézard se glisse hors du réfrigérateur. Il est maintenant aussi gros qu'un danois et il te suit.

Tu t'élances, mais il s'arrête devant toi.

— Recule! cries-tu. Arrière!

Tu cherches quelque chose qui pourrait te servir d'arme. Au moment où tu mets la main sur une vieille portière de voiture, le lézard tend sa tête vers toi et darde sa longue langue.

Mais au lieu de te dévorer, il te lèche la main en agitant sa longue queue écaillée. Il ne va pas te manger... il t'aime!

Très amical, le lézard te suit jusqu'à la maison. Il aime que tu lances des objets qu'il te rapporte aussitôt. Chaque fois qu'il revient à tes côtés, cependant, tu le trouves toujours un peu plus gros.

Lorsque tu arrives finalement chez ton oncle, le lézard a la taille d'un éléphant.

— Salut, poule mouillée! lance Bertrand du seuil de la porte. Où étais-tu?

Ses yeux et sa bouche s'ouvrent soudain tout grands. Il vient d'apercevoir ton dinosaure apprivoisé.

Le lézard siffle furieusement, mais tu caresses son dos écaillé pour le calmer.

— Doucement, belle bête, dis-tu.

— Qu-qu'est-ce que c'est? bégaie Bertrand.

— Bertrand, dis-tu avec douceur, je te présente mon nouveau garde du corps.

FIN

Vous vous dévisagez, les tigres et toi. Ils ressemblent vraiment à de gros chats.

Tu tends la main et te mets à en gratter un derrière les oreilles. Il arrondit le dos et se frotte contre tes jambes en ronronnant. Les quatre autres tigres sautent de leur tabouret et courent vers toi. Ils réclament tous le même traitement de faveur.

— Que fais-tu? hurle Tombo. Tu gâtes mes tigres!

Sans t'occuper de lui, tu t'assois par terre et les tigres se roulent en boule sur tes genoux. Tu les caresses et ils te lèchent le visage et les mains. La foule adore ça. Ils poussent plus de hourras que pour le numéro de Tombo.

— Tu vois, Tombo? dis-tu en riant. Tu devrais être plus gentil avec tes tigres.

Tu t'amuses royalement. Tu recevras même un salaire pour le faire. Quelle belle vie!

En fait, tout se déroule à merveille jusqu'à ce que tu sentes tes pieds et tes mains se réchauffer. La sensation monte dans tes jambes et tes bras. Bientôt, tu as l'impression que ton corps tout entier est en feu.

«Que se passe-t-il?» te demandes-tu.

Mais tu ne brûles pas... tu rapetisses! Ce n'est vraiment pas le temps de retrouver ta taille!

Juste au moment où cinq gros tigres se prélassent sur tes genoux!

FIN

«Comment réussir un tel saut?» te demandes-tu.

Tu regardes autour de toi et aperçois quelque chose qui pourrait t'aider. C'est un crayon. Deux fois plus grand que toi, il te servira à faire du saut à la perche.

Tu n'as jamais fait de saut de ce genre, mais tu as bien observé les athlètes à la télé. Tu attrapes le crayon, en diriges la pointe vers le haut, puis tu te mets à courir vers le bord de la table.

«Il faut que ça marche», pries-tu. Juste avant d'atteindre le bord, tu écrases la gomme à effacer sur la table, puis tu sautes.

Tu voles dans les airs sans regarder en bas.

Bravo! Tu atterris sur l'autre table! Un instant plus tard, le professeur Abel arrive en rampant près de toi.

— La télécommande est là-bas, lui dis-tu en pointant du doigt l'objet placé sur un bocal ouvert.

Vous traversez la table. Comme le professeur Abel est désordonné, son bureau est jonché de papiers, de gobelets en carton vides, de piles de livres. Tout près du bocal, tu trébuches sur un gros trombone.

Mais tu atteins finalement le bocal. La télécommande est placée très haut, hors de portée. As-tu fait tout ça pour rien?

Va à la PAGE 92.

Quoi qu'il en soit, tu dois te rendre au dépotoir et retrouver le réfrigérateur. C'est ton seul espoir. Mais comment ? Il va te falloir des semaines de marche. Et tu ne peux pas appeler un taxi ; même si tu pouvais atteindre l'appareil téléphonique, ta taille ne te permettrait pas de composer le numéro.

Il n'y a qu'une solution. Tu dois obtenir l'aide de tes affreux cousins.

Tu te rends dans le salon. Patricia et Bertrand sont étendus sur le tapis et regardent la télé.

— Patricia ! Bertrand ! cries-tu de toutes tes forces, mais sans succès, car ta voix est trop faible.

Tu t'approches de ta cousine et tires son lacet de chaussure. Elle ne le remarque même pas. Elle bâille et se lève.

— C'est ennuyant, dit-elle.

Tu tiens toujours son lacet lorsqu'elle se met à marcher et tu dois bien t'accrocher pour ne pas te faire écraser.

Elle s'arrête dans la salle de bains et se plante en face du miroir. Tu la vois ouvrir l'armoire de pharmacie et en sortir un petit coffre.

Cela te donne une idée.

Va à la PAGE 122.

Tu te roules en boule en anticipant l'atterrissage. Mais tu es à ce point minuscule que tu flottes comme une plume.

Tu te retrouves au milieu d'une véritable jungle de hautes herbes. Des relents dégoûtants d'aliments avariés, de moisissures et de pourriture envahissent tes narines.

Mais tant pis : il y a là le réfrigérateur qui contient la solution à ton problème.

Il faut d'abord que tu le trouves.

Après avoir péniblement traversé les hautes herbes, tu atteins le haut d'une colline. D'un côté de la colline, se dresse un gros tas de formes métalliques tordues. De toutes les couleurs, certaines sont couvertes de rouille.

De l'autre côté de la colline, s'étend une jungle de vignes et de mauvaises herbes. Que peuvent-elles cacher ?

Tu te demandes de quel côté tu iras lorsqu'un étrange sifflement se fait entendre. SIIIIIIISSSSS !

Tu regardes autour de toi, puis avales ta salive de travers.

S'approchant de toi entre les herbes, il y a... un dinosaure !

Cours à la PAGE 128.

64

Tu cours vers la jungle de mauvaises herbes. Le lézard te poursuit.

C'est bien difficile de faire ton chemin dans l'herbe, mais ton cas est désespéré. Tu passes à côté de montagnes de détritus et d'appareils électriques brisés. Tu contournes des mares de boue noire d'où émanent de mauvaises odeurs de nourriture pourrie.

Tes pieds dérapent soudain sur une plaque de moisissure jaune. Tu glisses, sans pouvoir t'arrêter, jusqu'en bas de la colline. En levant les yeux, tu aperçois le lézard qui te regarde. Il ouvre une bouche si grande qu'il ne ferait qu'une bouchée de toi.

Il darde enfin sa longue langue vers toi.

Tu fermes les yeux.

Vas-tu finir en repas de lézard?

Découvre-le à la PAGE 48.

Chez Arnold semble bien être l'endroit qu'il te faut. Tu es énorme et on dirait que tes vêtements ont rétréci. Tu demandes la direction au chauffeur d'autobus.

Quelques minutes plus tard, tu te retrouves en face d'une maison basse où une affiche au néon clignote: CHEZ ARNOLD, SPA D'AMAIGRISSEMENT.

«Hummm, penses-tu. Ce n'est pas vraiment ce que j'avais en tête.» Mais un essai ne fera pas de mal, surtout que tu viens de te rendre compte que tu as pris quinze centimètres en une heure.

Mais pourquoi ne sens-tu rien: ni étourdissement, ni picotement, ni douleur? Tu ne sais pas ce qui se passe. Tu entres vite et un jeune homme musclé s'approche de toi.

— Bonjour. Je m'appelle Arnold. Que puis-je faire pour vous?

— Je grossis trop, expliques-tu. Pouvez-vous m'aider?

Arnold tend un muscle, puis te sourit.

— Bien sûr, te dit-il. Chez Arnold, nous nous faisons fort de redonner à tous nos clients leur taille normale. De plus, nous offrons une journée d'entraînement gratuite.

Cela te paraît prometteur.

— Vous pourriez essayer le sauna. Plusieurs l'ont trouvé excellent pour la perte de poids, te suggère Arnold. Il y a aussi notre appareil réducteur. Personne ne l'a encore essayé, mais si ça vous chante...

Pour essayer l'appareil réducteur, va à la PAGE 33.
Pour entrer dans le sauna, va à la PAGE 105.

— Que voulez-vous dire ? demandes-tu.

— C'était un gâteau spécial que quelqu'un de trop petit m'avait commandé. Mais c'est une autre cliente qui l'a emporté. Lorsque je l'ai appelée, elle avait déménagé.

Tu comprends maintenant pourquoi le gâteau a abouti dans le sous-sol de ton oncle.

— Eh bien, ça marche, lui dis-tu tristement. Ça marche même trop bien.

Elfie t'examine de la tête aux pieds en hochant la tête.

— J'ai dû mettre trop d'épices à grandir dans ma pâte, dit-elle.

— Y a-t-il moyen de renverser l'effet ? Pouvez-vous faire un autre gâteau qui va me faire rapetisser ?

Sourcils froncés, Elfie réfléchit.

— Je vais essayer, dit-elle à la fin. Mais il faudra que je fasse un gros gâteau et tu devras m'aider.

Tu acceptes joyeusement. Elfie te conduit d'abord derrière la pâtisserie, où se trouve une benne à ordures remplie de gâteaux moisis de formes diverses.

— Voilà où je jette mes gâteaux manqués, te dit-elle.

Après avoir nettoyé la benne, Elfie apporte cinquante sacs de farine et d'épices. Tu les vides dans la benne. Elfie grimpe à une échelle et casse une centaine d'œufs dans la farine avant d'y ajouter vingt-huit litres d'eau.

— Et maintenant, dit-elle, la poudre à rapetisser...

Va à la PAGE 21.

Le magnétron cesse de vibrer dans un grand gémissement. Tu voudrais t'asseoir, mais tu te rends compte que le tube en métal a rapetissé.

Il est tout serré autour de ton corps!

— Félicitations! te dit le professeur Abel. Ça a marché!

Ce n'est donc pas le tube qui a rapetissé, mais ton corps qui a grandi. Tu as retrouvé ta taille normale!

On dirait que le tube t'emprisonne. Le professeur Abel tripote certains cadrans et les deux côtés du tube se séparent pour te livrer passage. Mais il y a quelque chose d'étrange.

— Ma peau colle au métal, dis-tu au scientifique.

— Ce n'est pas grave, te répond-il. C'est un effet secondaire du traitement.

Tu remercies le scientifique pour son aide. Le professeur sourit et te reconduit devant le pavillon de physique.

— Nous resterons en contact, te dit-il. Je vais écrire un article pour une revue scientifique.

Il t'arrête au moment où tu t'apprêtes à partir.

— Mes clés! s'exclame-t-il. Tu t'en allais avec mes clés.

Tu baisses les yeux et tu remarques un trousseau de clés collé à ton jean. Tu les détaches et les lui tends.

«Étrange», penses-tu. Mais ce qui arrive ensuite est encore plus étrange.

Va à la PAGE 66.

Le grognement devient un grondement féroce. Tu sens qu'on te pique à la cheville. En baissant les yeux, tu aperçois le chien des voisins qui t'attaque. Mais tu es à ce point énorme que c'est comme si un grillon s'en prenait à toi.

Sans t'occuper du chien, tu trouves d'autres morceaux du toit que tu replaces sur la maison.

Il manque encore des pièces, mais cela va mieux maintenant. Tu t'essuies les mains avant de te lever. Mais un nouveau bruit semble venir de derrière.

Tu pivotes sur tes talons et aperçois des dizaines de personnes qui approchent. Elles brandissent des bâtons de golf, des couteaux de cuisine, des balais et des pelles. Effrayées, elles n'en semblent pas moins déterminées.

Ça sent mauvais.

— Bonjour, dis-tu, voulant paraître sympathique. Je m'excuse d'avoir brisé votre toit. Mais je l'ai réparé.

Le propriétaire de la maison endommagée te menace du poing. Devant lui, il tient un couvercle de poubelle en guise de bouclier.

— C'est un monstre! crie-t-il aux autres. Cet être étrange a détruit ma maison!

Les autres hurlent et agitent leurs armes.

— Pars d'ici! Pars et ne reviens plus!

Ce n'est peut-être pas une si mauvaise idée après tout. Tu ne sais pas où aller, mais personne ne te souhaite la bienvenue ici.

Sauve-toi à la PAGE 106.

Le sourire de Patricia se transforme alors en horrible grimace.

— C'est le monstre! hurle-t-elle.

Les gens des premiers rangs se mettent à crier. Ils enjambent les bancs pour te fuir.

— Patricia, je suis de ta famille! cries-tu en essayant de te dégager de la trompe de l'éléphant qui te tient bien.

— Comment peux-tu être de ma famille? sanglote Patricia. Non! Non! Tu es un être venu d'ailleurs!

La foule effraie Dodo l'éléphant qui te laisse tomber dans la machine à fabriquer la barbe à papa. Le produit rose sucré et collant te recouvre comme une momie.

Mais personne ne t'écoutera. Tu sors de la tente et t'enfuis.

« Je peux aller plus vite que n'importe qui, penses-tu. Je serai bientôt loin de ces gens furieux. »

C'est alors que tu entends les sirènes.

Va à la **PAGE 121.**

Tu arrives à l'arrêt d'autobus au moment où celui qui mène à la maison s'arrête. Tu tentes de faire tomber une pièce de monnaie dans la boîte, mais elle colle à ta main. Le chauffeur doit la détacher de ta peau.

Tu commences à avoir une petite idée de l'effet secondaire du traitement du magnétron. Lorsque, finalement, tes fesses collent au siège en métal, tu en as l'assurance.

Le magnétron t'a redonné ta taille, mais il a aussi transformé le champ magnétique de ton corps. Il a fait de toi un aimant humain!

Tout ce qui est en métal est maintenant attiré par toi. En te dirigeant vers la maison après avoir quitté l'autobus, les objets métalliques se jettent littéralement sur toi. Les parcmètres et les lampadaires se plient vers toi dès que tu passes. On dirait qu'ils te saluent.

«C'est amusant», penses-tu en te tournant vers un lampadaire.

— C'est moi, le grand Magnétron, annonces-tu d'une voix forte. Qui m'aime penche!

Ce sera peut-être amusant à la fin.

Si tu rentres directement à la maison, va à la PAGE 53.

Si tu veux expérimenter tes autres possibilités magnétiques, va à la PAGE 131.

Tu détaches un morceau de gâteau et le trempes dans le liquide bleu. Tu penses bien que c'est celui-ci que le garçon de *Sang de monstre III* a utilisé pour réduire les objets.

Tu manges une bouchée du gâteau. « Il faut que ça marche, penses-tu. Il le faut... »

Soudain, tu as l'impression de tomber.

Tu t'étouffes presque en regardant autour de toi. Tu tombes réellement !

Tu es de nouveau minuscule... et tu tombes, droit dans la benne.

Tu atterris au milieu du gâteau mou et malodorant. Mais ce n'est pas grave. Tu sors de la benne et remercies Elfie.

— Ça m'a fait plaisir, répond celle-ci en te tendant une serviette.

Pendant que tu t'essuies, elle rentre dans la pâtisserie et en ressort avec une grosse boîte de pâtisseries au chocolat.

— Voilà, dit-elle, une petite gâterie à apporter chez ton oncle et ta tante.

— Merci, dis-tu en acceptant la boîte.

Mais dès que tu te trouves hors de vue, tu jettes la boîte. Sans vouloir blesser Elfie, tu en as marre du gâteau au chocolat !

La prochaine fois que tu auras faim, décides-tu, ça s'appellera brocoli et choux de Bruxelles !

FIN

Ta naissance se situe dans la deuxième moitié de l'année. Tu te jettes sur la télécommande et tu appuies de tout ton poids sur le six.

Le fusil laser explose dans un grand tintamarre. Des morceaux de verre et de métal pleuvent dans le laboratoire. Tu t'accroupis sous un magazine et, lorsque le déluge est calmé, tu pointes ta tête dehors.

Tu es encore aussi minuscule. Ça n'a pas marché.

Le professeur Abel est frustré.

— Pas vrai, marmonne-t-il. J'étais certain que c'était la bonne combinaison.

Franchement, le professeur Abel est le scientifique le plus stupide que tu as jamais rencontré.

— J'ai une autre idée! te dit-il. Je suis certain que ça va marcher cette fois.

— Merci quand même, fais-tu, décidant de chercher de l'aide ailleurs.

— Ne me quitte pas, te supplie le scientifique.

Tu descends à un pied de la table.

— Je vais revenir lorsque j'aurai retrouvé ma taille normale. Je serai alors en mesure de vous aider.

Tu sors du laboratoire à toute vitesse. En entendant une étudiante donner son adresse à quelqu'un, tu décides de te glisser dans son sac à dos puisqu'elle habite à deux pas de chez ton oncle.

Tu ne penses maintenant qu'à une chose: retrouver le pot de beurre d'arachide mauve.

Va à la **PAGE 58.**

Sur la porte de la Pâtisserie en Folie, est épinglée l'affiche suivante : FERMÉ.

Tu te redresses, triste tout à coup. C'était ton seul espoir.

Le bruit qui t'entoure est de plus en plus fort. Tu regardes autour de toi avec horreur.

Il y a une dizaine de voitures de police devant toi.

Derrière toi, trois chars d'assaut et un véhicule blindé de transport de troupes ; plus loin, un gros camion rouge sur lequel est peint INSTITUT DE RECHERCHE EXTRATERRESTRE.

De petits avions et des hélicoptères survolent le tout.

Tu entends un bruit qui t'écorche les oreilles, puis un haut-parleur se met à crachoter.

— Te voilà encerclé, être venu d'ailleurs !

— Je ne suis pas un être venu d'ailleurs ! Je suis un enfant humain !

La portière du camion rouge s'ouvre et un homme maigre aux lunettes épaisses en sort.

— Je suis le professeur Hétu de l'Institut, crie-t-il dans un mégaphone. Je suis ici pour t'emmener au musée pour t'examiner.

— Je ne veux pas qu'on m'examine !

— Tant pis, dit-il. Tu ne t'échapperas pas. Rends-toi tout de suite ou nous te capturerons !

Vas-tu te rendre ? Fais-le à la PAGE 42.
Essaies-tu de t'échapper ? Va à la PAGE 123.

Patricia se pavane devant le miroir. Vas-tu devoir lui dire qu'elle a l'air d'un clown? Tu grimpes dans le coffre à maquillage et attends. Au bout d'un moment, elle tend la main vers un crayon à sourcils auquel tu t'agrippes. Elle devra t'écouter maintenant.

Elle prend le crayon, puis s'arrête.

— Aaaaaah! hurle-t-elle. Un affreux gros insecte!

Avant que tu puisses lui prouver que tu n'es pas un insecte, elle secoue le crayon et tu tombes dans le lavabo.

— Patricia!

Mais il est trop tard; elle ouvre le robinet.

L'eau glacée te frappe et te renverse comme le ferait une chute d'eau. Tu te démènes, cherchant ton souffle. Tu essaies de nager, mais le courant est trop fort. C'est alors que tu te mets à tourner sur toi-même de plus en plus vite.

On dirait que quelque chose t'attire vers le bas.

Tu ouvres les yeux et aperçois un gros anneau en argent qui approche.

C'est le renvoi. Tu vas plonger dans le renvoi!

Va à la PAGE 85.

Tu regardes autour de toi pour t'assurer que personne ne t'observe, puis tu ouvres la porte du sous-sol et descends.

Les marches sont usées et craquent à chaque pas. Des toiles d'araignée effleurent ton visage.

«Que peut-il y avoir de si dangereux?» te demandes-tu.

Tu atteins finalement le pied de l'escalier. Le plancher est si sale qu'on dirait qu'on ne l'a pas nettoyé depuis cent ans.

La lumière du jour filtre faiblement à travers les vitres sales au fond de la pièce.

Tu te mets à explorer.

Il y a peu à voir : vieux meubles moisis, vieux divans, vieilles chaises, vieux matelas. Dans un coin se trouvent un vieux réfrigérateur et une cuisinière brisée tout couverts de rouille.

Rien de bien tragique. Rien de bien intéressant non plus. Mais être ici, c'est quand même mieux que de te faire rosser par Bertrand-la-brute.

Tu t'assois dans un vieux fauteuil et attends. Tôt ou tard, Bertrand et Patricia en auront assez de leur jeu. Il sera alors temps de remonter.

Il n'y a qu'un problème, un gros problème.

Va à la PAGE 14.

Ces ennuyeuses petites taches roses! Cette affreuse démangeaison dans tes doigts et tes orteils!

Tu rapetisses toujours.

Impossible d'ouvrir la porte de l'armoire : elle est trop lourde pour toi. Quelle taille as-tu maintenant? On dirait que les casseroles sont aussi grosses que des automobiles!

Que faire? Si tu ne quittes pas bientôt l'armoire, tu ne pourras jamais atteindre le réfrigérateur et retrouver ta vraie taille. À cette vitesse, il ne restera rien de toi à l'heure du dîner!

— Au secours! hurles-tu. Au secours!

Même si tu avais ta taille normale, personne ne t'entendrait avec tout le tapage qui vient du poste de télévision.

Heureusement, il ne fait pas trop noir dans l'armoire. Autant l'inspecter. Il y a quelque chose que tu n'avais pas vu avant, un petit trou qui laisse filtrer un peu de lumière.

Tu pourrais peut-être t'échapper par le trou!

Tu rampes par-dessus une pile de couvercles de casseroles. Tu as presque atteint le trou lorsque tu entends un horrible grattement. Un instant plus tard, une grosse tête poilue passe par le trou. Ouache! Qu'est-ce que c'est?

Va à la PAGE 127.

Tu décides d'avouer à la police ce qui s'est passé.

La voiture s'arrête; deux policiers en uniforme bleu en descendent.

— On enquête sur une fenêtre fracassée, dit le plus grand. Est-ce que quelqu'un a vu quelque chose?

Tous les enfants regardent par terre; la lanceuse rousse gratte le sol du bout de sa chaussure.

— C'est moi qui l'ai fait, annonces-tu en avançant d'un pas. Mais c'était un accident. C'est mon premier coup de circuit.

— Quel âge as-tu? demande l'autre officier, une femme.

Tu lui donnes ton âge et elle paraît surprise.

— Tu es énorme pour ton âge, dit-elle. Tu devrais faire attention, car tu ne connais pas ta force.

— Je vais faire attention, madame, réponds-tu. Promis.

— C'est bon pour cette fois, dit-elle en remontant en voiture. Parce que c'est ton premier coup de circuit, ajoute-t-elle avec un clin d'œil.

Quel soulagement! La voiture de police s'éloigne.

— Reviens jouer demain, te crie la lanceuse rousse lorsque la partie se termine.

Tu retournes chez ton oncle où tu remarques quelque chose de très étrange: le plafond du balcon est plus près de ta tête que lorsque tu as quitté la maison.

«Est-ce seulement une poussée de croissance?» te demandes-tu.

Va à la PAGE 95.

Tu cours sur le terre-plein central de l'autoroute en direction de la Pâtisserie en Folie. De chaque côté, les autos se tamponnent parce que les conducteurs te regardent, bouche bée. Bientôt, tu aperçois la signalisation pour Villeroi, à dix kilomètres.

Dix kilomètres ne représentent pas une très grande distance pour toi. Ça ne devrait pas te prendre plus d'une dizaine de minutes.

Avec la police et l'armée à tes trousses, tu suis l'autoroute. Enfin l'entrée de la ville! Les hélicoptères ont repris du terrain. Tu agites les bras comme pour chasser les moustiques. S'ils pouvaient te laisser tranquille!

Tu te tournes vers la ville et cours partout jusqu'à ce que tu trouves la pâtisserie.

C'est une petite maison en brique au toit brun. Tu t'agenouilles dans le terrain de stationnement et penches la tête pour mieux voir la pâtisserie.

Ce que tu vois te coupe le souffle.

Va à la PAGE 69.

On applique le plan B. Les voitures de police et les chars d'assaut reculent. Le toit du camion rouge s'ouvre et une arme bizarre émerge de l'ouverture.

— C'est ta dernière chance! crie le docteur Hétu. Te rends-tu?

— Je ne suis pas un être venu d'ailleurs! expliques-tu. Je suis un enfant humain!

— C'est trop tard! crie le docteur Hétu. Activez le lance-toile!

Ils vont tirer sur toi! Vite! Tu te tournes pour courir.

BANG!

Quelque chose d'épais te tombe sur la tête. Tu essaies de l'enlever, mais de gros cordages collent tes bras le long de ton corps. Plus tu t'agites, plus les cordages se resserrent.

Ce canon a lancé une toile géante sur toi. Les cordages s'enroulent maintenant autour de tes pieds. Tu vas bientôt tomber par terre.

— Félicitations! Tu es la première créature qu'on capture avec notre toile d'araignée artificielle!

Non, tu ne ressens aucune fierté.

Eh bien, c'est sans doute tout ce qui t'attendait dans cette aventure captivante.

FIN

— J'aimerais essayer le magnétron, dis-tu au professeur Abel.

— Parfait, fait celui-ci. Je pense que tu as une bonne chance de réussite. Il n'y a qu'un petit inconvénient...

— Lequel?

— Peu importe, dit-il. Comparé à ton problème présent, c'est mineur.

Il roule un des gros appareils sur lequel est collée une étiquette: SUPERMAGNÉTRON.

Couvert de boutons et de cadrans, l'appareil est aussi haut que le professeur. Un long tube de la taille d'un être humain passe d'un bout à l'autre de la machine.

Le professeur Abel te soulève doucement et te place au centre du tube. Tu te sens minuscule dans la machine géante.

— Ne bouge surtout pas, t'indique le professeur. Peu importe ce que tu sens ou entends, ne bouge pas!

Tu entends d'abord un déclic, puis un bourdonnement. Le tube se met à vibrer de plus en plus vite. Tu tentes bien de rester immobile, mais tu as l'impression d'être en plein tremblement de terre. Le bourdonnement augmente encore.

Il est si fort que tu n'entends rien d'autre. Tes tympans vont éclater! Soudain, tout s'arrête.

Est-ce que ça a marché? Va à la PAGE 63.

La pièce de monnaie tombe du même côté trois fois de suite. Tu guides donc ton embarcation vers la chute d'eau.

Quel genre de chute peut produire un collecteur d'égout?

Tu le découvres rapidement lorsque ton bâtonnet est aspiré par l'eau blanche. Tu t'agrippes solidement. PLOUF!

Tu entres de plein fouet dans un gros tuyau. Tu enroules tes bras et tes jambes autour du bâtonnet. Tu ballottes dans l'eau sale et agitée.

L'eau t'étouffe. Au moment où tu vas couler, tu arrives au bout du tuyau.

Tu grimpes de nouveau sur ton embarcation de fortune, mais le courant t'emporte vers un gros appareil qui laisse échapper d'affreux grincements.

Tu devines enfin ce qu'étaient ces chutes. C'était la conduite principale de l'usine de traitement des eaux!

Ton bâtonnet et toi allez être déchiquetés par les dents métalliques de la broyeuse!

Pas moyen de reculer. Tu te diriges inexorablement vers la

FIN.

Il doit sûrement y avoir une explication logique. Tu n'as peut-être pas remarqué que Patricia avait grandi. Peut-être encore perds-tu du poids ou imagines-tu des choses.

— Tu es tellement maigre, te dit ta tante au souper ce soir-là. Prends d'autres pommes de terre.

— Ouais, poule mouillée. Et mange un peu de ça pendant que tu y es, fait-il en jetant du brocoli dans ton assiette pendant que sa mère a le dos tourné.

Tu n'écoutes pas Bertrand parce qu'autre chose te tracasse : la table semble plus haute que d'habitude. C'est bizarre, tout ce qui t'arrive.

« Je me sentirai mieux après une bonne nuit de sommeil », penses-tu.

Cette nuit-là, tu rêves de petites taches roses et de démangeaisons dans les orteils. Le matin suivant, en te levant, le bas de ton pyjama tombe sur le plancher !

« Que se passe-t-il ? » te demandes-tu.

Tu ramasses le vêtement et l'examines attentivement : c'est bien le même que la veille. La vérité te frappe maintenant comme un fouet. Ton pyjama n'a pas allongé, Patricia n'a pas grandi et ton bracelet de montre n'a pas été étiré.

Tu as rapetissé.

Va à la PAGE 50.

Tu tires la langue et ne lèches qu'une toute petite partie du mélange d'herbes. C'est si peu que ça ne goûte rien.

Tu retiens ton souffle en attendant que quelque chose se passe. Rien.

— Y a-t-il une différence ? demandes-tu au clown.

— Non. Mais au moins tu n'as pas grandi. Peut-être faut-il attendre que ça agisse.

— Peut-être.

Mais tu ne peux empêcher la déception de s'installer. Devrais-tu avaler le reste du mélange ? Tu lèves ta main jusqu'à tes lèvres quand tu entends un bruit familier...

Des sirènes et des hélicoptères !

Oh non ! La police est là !

Manges-tu le reste du mélange ? Avant que tu n'aies eu le temps de prendre une décision, un hélicoptère effleure le toit de la tente. Le mouvement rotatif des pales balaie le reste des herbes dans ta main. Tu sors de sous le chapiteau et te mets à courir. Il faut t'échapper !

Cours jusqu'à la PAGE 41.

Tu te redresses et regardes tes pieds. Pas surprenant que tu aies trébuché; tes orteils ont percé tes chaussures!

Tu arraches ce qui en reste et fais bouger tes orteils. On parle souvent de chaussures trop petites, mais à ce point-là...

Tu cours chercher d'autres chaussures dans la maison. Tu traverses la cuisine où ta tante prépare sa serviette pour le travail.

— Pourquoi es-tu nu-pieds?

— Je pense que mes chaussures ont rapetissé, réponds-tu en lui montrant tes chaussures déchirées.

— Tu as peut-être une poussée de croissance, dit-elle. Tu as grandi, il me semble.

Une fois dans ta chambre, tu te regardes dans le miroir. C'est vrai: tu as grandi. Tu as gagné au moins dix centimètres depuis hier.

Toutes tes chaussures sont aussi petites. Tu dois en emprunter une paire à ton oncle Henri. Un peu trop grandes pour toi, elles sont cependant confortables. Tu attaches les lacets lorsque Patricia passe la tête par la porte.

— Tu as été au sous-sol, annonce-t-elle. Je vais le dire à maman!

Va à la PAGE 129.

Tu dois te rendre au dépotoir le plus vite possible! Bertrand est ton seul espoir pour le trouver.

— S'il te plaît, Bertrand, je dois...

— Tu ne comprends donc pas ce que se taire veut dire? lance-t-il. Je veux regarder la télé! As-tu besoin d'une bonne correction?

Il se lève et tu te rends soudain compte que tu es si minuscule que sa silhouette t'écrase.

Tu n'aurais peut-être pas dû le déranger.

— Euh... à plus tard, fais-tu en sortant de la pièce à reculons.

Mais Bertrand est sérieux. Tu as déjà vu cette expression cruelle dans ses yeux. Il est furieux... attention!

Vite! Où peux-tu te cacher?

Cours dans la cuisine et cache-toi dans une armoire à la PAGE 13.

Ou sors vite dehors à la PAGE 93.

— Prépare-toi à servir le thé, dit la voix.

Tu regardes autour de toi, le cœur battant.

— Qui parle?

— C'est moi, dit le papa poupée dont la bouche peinte ne bouge pas.

— Vous pouvez parler?

— Bien sûr que je parle, répond-il. Comme toi. Toutes les poupées le peuvent.

— Je ne suis pas une poupée, protestes-tu.

— Que fais-tu dans une maison de poupées, alors? Ce n'est pas un vol, j'espère?

— Non, non.

Il a l'air drôlement fort pour une poupée.

— Mais non, dit la maman poupée. C'est ma nouvelle poupée de ménage, ajoute-t-elle en te donnant l'aspirateur jouet.

— Mais...

Comme la maman poupée te jette un regard mauvais, tu hausses les épaules et te mets à passer l'aspirateur.

— La nouvelle poupée est dangereuse et doit être enfermée, dit le papa poupée.

— Non, il y a trop de travail à faire. Regarde, c'est plein de poils de chat partout!

Tu regardes par la fenêtre. Les yeux jaunes de Bouledepoil sont fixés sur toi.

«Patricia va-t-elle bientôt arriver? te demandes-tu en nettoyant le tapis. Avec tout ce ménage à faire, une petite collation ne sera pas de refus!»

FIN

Tu dois arrêter Bertrand. Tu es si énorme que tu as peur de l'écraser si tu l'attrapes. Il faut agir vite, il est déjà à la porte.

Tu étends le bras et ramasses la première chose qui te tombe sous la main. Malheureusement, c'est le toit de la maison voisine.

Avec un CRAC foudroyant, le toit se détache de la maison. Les briques et les bardeaux tombent comme des feuilles mortes. Tu as ouvert la maison comme une boîte de conserve. Le toit dans la main, tu regardes maintenant à l'intérieur de la maison.

Installés à table, les voisins te regardent. Ils se mettent aussitôt à hurler de terreur.

— C'est un monstre! crie le père de famille.

— C'est un être venu d'ailleurs! crie la mère.

— C'est un monstre! C'est un monstre! crient les filles.

— Non... attendez! hurles-tu d'une voix si forte que la maison tremble sur ses fondations.

La famille trouve refuge dans la rue.

Tu cherches Bertrand, mais il a disparu. Il est probablement parti chercher la police. Quelle histoire! Peut-être pourrais-tu réparer les dégâts que tu as causés. Tu t'agenouilles donc près de la maison et remets soigneusement le toit à sa place. Malheureusement, il manque des morceaux que tu cherches autour de toi dans la cour.

C'est à ce moment-là que tu entends un grognement furieux.

Va à la PAGE 64.

Te voilà face à un autre membre du cirque. Ce n'est plus un clown... mais un éléphant!

— Salut! dis-tu à la bête géante.

Vous avez presque la même taille, l'éléphant et toi. Celui-ci te regarde sans broncher. Il semble attendre que tu fasses quelque chose. Mais quoi? Tu regardes autour de toi; tu te trouves à l'arrière du grand chapiteau.

Soudain, une voix sort des haut-parleurs.

— Mesdames et messieurs! Enfants de tous âges! Vous allez bientôt être éblouis par les exploits de Forto!

L'éléphant te regarde toujours. Serais-tu Forto? L'annonce se poursuit.

— Venez admirer l'indicible Forto qui soulève un éléphant au bout de ses bras!

Tu trébuches à travers l'ouverture: c'est l'éléphant qui, de sa trompe, te pousse jusqu'au centre de la piste! Les gens applaudissent, puis redeviennent silencieux. Ils attendent le numéro de Forto. Mais tu ne peux pas soulever un éléphant! Et si tu le pouvais?

Si tu peux exécuter cinq tractions, va à la PAGE 16.

Si tu ne peux pas en faire autant, va à la PAGE 40.

L'eau t'entraîne dans le renvoi. Tu essaies de nager, mais le courant est trop fort. Tu retiens ton souffle en plongeant sous l'eau. Au moment où tu penses que tes poumons vont éclater, tu aboutis dans une mare sombre et profonde.

Tu sors la tête de l'eau ; tu inspires enfin une pleine bouffée d'air. Une vague te submerge et te charrie le long d'un tuyau incurvé.

Le débit de l'eau ralentit et tu peux de nouveau remonter pour respirer. Mais l'eau t'entraîne toujours dans les tuyaux. Tu es à bout de souffle.

Plouc ! Le courant te relâche. Tu dérives maintenant sur une large rivière malodorante. Tu nages debout tout en regardant autour de toi. Devant toi, une grille laisse filter une faible lumière. De la nourriture en morceaux et des gobelets en carton flottent à la surface de l'eau.

Toute la rivière sent les déchets pourris. Des détritus s'accrochent à tes bras et à ton cou. Dégoûtant ! Tu es dans l'égout collecteur !

Tu nages vers une des rives, mais c'est trop raide et trop glissant pour que tu puisses y grimper. Tu ne pourras pas nager éternellement. Tes bras sont déjà fatigués.

Quelque chose de familier flotte vers toi.

Si c'est un bâtonnet de sucette glacée, va à la PAGE 52.

Si c'est une cannette en plastique bleu sur laquelle est écrit SANG DE MONSTRE, va à la PAGE 11.

— Je cherchais justement un bon sujet d'expérience ! s'exclame le professeur Abel. Je ne connais rien à la transformation des corps, mais je suis ravi d'essayer.

— Je ferais n'importe quoi, dis-tu. Je suis dans le plus profond désespoir.

— Parfait ! Pense à la publicité ! Les gens vont cesser de m'accuser de... Enfin, peu importe. Commençons.

Le scientifique court vers son bureau et fouille dans un tas de paperasses.

— Il faut d'abord que je fasse certaines recherches.

Tu lui souris faiblement. Espérons que tu n'as pas fait une erreur.

Finalement, le professeur Abel te soulève dans sa main et t'examine attentivement. Chaque fois qu'il expire, la force de son souffle te jette quasiment à terre. Il te mesure sous toutes tes coutures et te pèse. Puis il te place sur une table.

— Je ne sais pas trop laquelle de mes machines je vais utiliser, dit-il. Le magnétron agit en changeant ton champ magnétique. Quant au laser, il dilate les atomes. Qu'est-ce que tu en penses ?

— Ce que j'en pense, moi ? demandes-tu en avalant ta salive de travers.

Tu ne pensais pas que la décision te reviendrait. C'est vrai que c'est ton corps.

Veux-tu essayer le magnétisme ? Va à la PAGE 76.
Le laser vaudrait-il mieux ? Va à la PAGE 101.

Tu recules d'un pas, mais le tigre bondit sur toi. Ses lèvres se retroussent sur un grognement et ses dents brillent dans la lumière des projecteurs.

— Arrrr!

La force de ton propre rugissement t'effraie. Le tigre s'arrête au beau milieu de sa course. La foule te regarde. Tu avais oublié que ta voix était devenue aussi forte depuis que tu souffrais de gigantisme.

Le tigre recule et, la queue entre les pattes, retourne furtivement vers la piste.

— Je m'excuse, chaton, dis-tu à l'animal effrayé.

Tu ne voulais pas lui faire peur, mais tu te rends compte que grâce à ta taille, les tigres ne peuvent rien contre toi. Lorsque tu t'avances au centre de la piste, tous les tigres se tapissent au sol. Même le dompteur tremble un peu. Tu t'approches du tigre et le grattes sous le menton. Il se frotte ensuite contre tes jambes comme un petit chat. Il ronronne!

La foule éclate en cris et en applaudissements, mais le dompteur reste là, à te regarder.

— Gentil chaton, dis-tu au tigre en t'agenouillant près de lui.

Le dompteur te regarde toujours. Oh, oh! Tu viens de te rendre compte que tu as interrompu son numéro. Tu devrais sortir de piste au plus vite. Tu te redresses donc et te tournes pour partir.

Aïe! Quelque chose tire tes cheveux très fort!

Va à la PAGE 10.

Ton prénom contient un nombre impair de lettres.

Il te vient maintenant une nouvelle idée pour vaincre la souris.

Tu cesses tout combat et te mets plutôt à courir autour d'une casserole. La souris te suit; tu accélères.

Et voilà! Tu as devant toi la queue de la souris; tu l'attrapes.

La souris crie de rage et commence à zigzaguer dans l'armoire sans que tu lui lâches la queue.

Puis, comme tu l'espérais, elle se dirige vers la porte. Son poids et son élan vont jouer en ta faveur. Oups! La porte s'ouvre dès qu'elle fonce dedans.

Vite, tu lui lâches la queue et cours dans la cuisine.

Tu te tournes et aperçois la souris étendue sur le plancher. Le choc contre la porte a dû l'étourdir. Mais elle revient à elle.

Il n'y a plus qu'une chose à faire.

Qu'est-ce que c'est?

Va à la PAGE 116.

Bertrand a raison.

Tu n'es qu'une poule mouillée.

Cette aventure va avorter à cause de ta lâcheté.

Quoi ?

Tu veux une autre chance ?

D'accord.

Tu peux résister à Bertrand-la-brute en courant à la PAGE 26 !

Patricia hurle de toute la force de ses poumons en te dévisageant.

— Patricia... c'est moi!

Mais tu es tellement énorme qu'elle ne te reconnaît pas. De plus, tu grossis toujours.

— Au secours! hurle-t-elle. Au secours! C'est un monstre!

Tu te lèves. Peut-être que si elle te voit en entier, elle saura qui tu es. En te levant, tes cheveux effleurent la cime des arbres. Patricia ressemble à une figurine dans la pelouse, plus bas.

C'est maintenant au tour de Bertrand de sortir en trombe de la maison.

— Appelle la police! crie Patricia. Il y a un monstre dans notre cour!

Bertrand te jette un coup d'œil et devient blanc. Il pivote sur ses talons et retourne vers la maison.

Il va appeler la police qui a déjà reçu un appel à ton sujet. S'ils reviennent, tu auras de gros problèmes. Il faut arrêter Bertrand. Mais comment?

Attrape-le et essaie de tout lui expliquer à la PAGE 6.

Jette quelque chose sur son passage à la PAGE 83.

— C'est un monstre! crie un garçon blond dans la deuxième rangée.

— Je ne suis pas un monstre! Je suis un enfant humain!

— L'extraterrestre! C'est l'extraterrestre! se mettent à crier les gens.

Tu laisses tomber l'éléphant, qui devient fou de rage. Il te prend dans sa trompe. Au début, tu crois qu'il va t'écraser comme une crêpe, mais il te soulève dans les airs et se met à te balancer.

— Appelez la police! crie quelqu'un.

L'auditoire est pris de panique. La situation s'aggrave. Une dizaine de gardiens de sécurité arrivent en courant.

Tu te croyais en sécurité ici, mais tout le monde te prend pour un être venu d'ailleurs.

C'est alors que tu remarques ta cousine Patricia assise dans la première rangée.

Quelle joie! En fait, c'est probablement la première fois que tu éprouves un tel sentiment en la voyant.

— Dis-leur qui je suis, Patricia! Sauve-moi! Dis-leur que je ne suis pas un monstre!

Patricia te regarde, puis sourit.

Hourra! Elle va te sauver!

Va à la PAGE 65.

Tu refuses la défaite.

— J'ai une idée, dis-tu au professeur Abel. Nous allons fabriquer un escalier.

Vous empilez inégalement des livres pour former des marches. Lorsque la pile monte jusqu'au bécher, le scientifique et toi grimpez cet escalier sommaire. Te voilà enfin devant la télécommande, presque aussi grosse que toi.

Tu la prends à deux mains et, en y mettant toutes tes forces, tu la tires vers toi. Tu tombes sur le dos, mais la télécommande se trouve maintenant près de toi.

— Je vais changer le réglage! s'écrie le professeur.

Il presse à deux pieds un bouton de la télécommande. Puis, en ahanant et en suant, il tourne un cadran.

— Ça devrait aller, te dit-il. À trois, saute sur le bouton numéro six. En même temps, je vais mettre tout mon poids sur l'interrupteur. Un! Deux!

Tu te prépares à sauter sur le bouton.

— Trois!

Réussirez-vous? Cela dépend de ta date de naissance.

Si tu as vu le jour entre janvier et juin, va à la PAGE 30.

Si tu as vu le jour entre juin et décembre, va à la PAGE 68.

Vivement, avant que ton cousin ne puisse t'attraper, tu passes la porte de la cuisine. Tu es peut-être minuscule, mais tu cours vite.

Tu cherches une cachette autour de toi. Pas le temps d'être difficile. Tu traverses la pelouse, puis tu te caches sous le balcon.

La porte de la cuisine se referme, puis tu entends les pas de Bertrand au-dessus de ta tête. Tu t'accroupis pendant que ton cousin te cherche partout en criant ton nom.

— Je te donne une dernière chance de sortir de ta cachette! crie-t-il.

Tu souris. Comme il est stupide! Pourquoi irais-tu le rejoindre pour te faire battre, alors que tu peux relaxer là où tu es?

— Un! crie Bertrand. Trois! Sept!

Il triche encore, mais tant pis. Tu es en sécurité pour le moment. Ta patience est sans limite.

Bravo! Comme tu le pensais, ça l'ennuie et il retourne dans la maison. Tu vas lui laisser le temps de se calmer.

Pendant que tu attends, les petites taches roses se remettent à danser devant tes yeux. Mais, à part ça, tu te trouves bien là où tu es.

Après un moment qui te semble assez long, tu sors de sous le balcon en rampant. Horreur! Tu t'arrêtes net!

Vite! Va à la PAGE 18.

C'est ta cousine Patricia qui t'espionne du haut de l'escalier.

— Tu n'as pas le droit d'aller là, fait-elle. Je vais le dire à maman!

— Attends! t'écries-tu. C'est un accident. Je suis ici par erreur!

— Ouais... Je ne le dirai pas si tu acceptes de jouer avec moi.

— Peut-être, fais-tu prudemment.

— Allons jouer à la poupée, te presse-t-elle. J'ai une nouvelle maison de poupées.

Tu détestes jouer avec Patricia. Elle est tellement gâtée qu'elle fait une crise chaque fois que tu ne fais pas comme elle veut.

— Je vais le dire si tu ne viens pas, insiste Patricia.

Que vas-tu faire?

Si tu refuses de bouger, va à la PAGE 22.
Si tu te rends et joues à la poupée avec ta cousine, va à la PAGE 35.

Qu'est-ce qui a bien pu te faire grandir? Tu repasses tous tes faits et gestes des vingt-quatre dernières heures. En arrivant dans la cuisine, tu n'as pas encore trouvé de réponse.

Tes deux cousins sont en train de se faire des sandwichs. Tu as faim aussi. Ton appétit croît d'ailleurs proportionnellement à ta taille. Mais lorsque tu tends la main vers la salade de thon, ton cousin t'arrête.

— Tu devrais suivre une diète, poule mouillée, te dit-il. As-tu remarqué que tu avais engraissé?

Patricia pouffe de rire.

Tu sais très bien que tu n'as pas engraissé... mais tu as terriblement faim!

Tu te rappelles alors quelque chose. Tu avais déjà faim lorsque tu étais au sous-sol. Tu avais assez faim pour manger de ce gâteau au chocolat. Ce dernier contenait peut-être les ingrédients responsables de ta croissance exagérée. C'est vrai qu'il goûtait un peu drôle.

Si tu découvres ce qu'il y avait dans le gâteau, tu devineras peut-être comment cesser de grandir!

Retourne en vitesse au sous-sol à la PAGE 34.

Tu ne te lèves pas tout de suite, car l'appareil t'a donné la nausée. Tu restes immobile sur le banc en regardant Arnold qui te dévisage avec des yeux ronds comme des soucoupes.

Ce n'est pas bon signe.

— Euh, Arnold, commences-tu, est-ce que ça a marché?

Bouche bée, il ne te répond pas.

Tu descends du banc, cours jusqu'au miroir et, là, ton cœur s'arrête de battre. Tu as retrouvé ta taille normale, mais ton corps est complètement transformé!

Le battement a étiré tes bras et tes mains pendent plus bas que tes genoux! Le mouvement de balancier a rendu tes jambes aussi grosses que des troncs d'arbre et le casque t'a écrasé la tête!

— J'ai bien peur de m'être trompé, dit Arnold. J'aurais dû lire les instructions avant de commencer.

Et il te le dit maintenant, à la

FIN!

Tu prends la miette de gâteau au chocolat, la mets dans ta bouche et l'avales. Un instant plus tard, tu sens un picotement dans tout ton corps.

Puis, tout à coup, la tête te fait mal.

C'est qu'elle a heurté le haut du réfrigérateur. Tu grandis encore! C'était donc le gâteau au chocolat!

Tu sors du réfrigérateur en te frottant la tête. Tu souris en regardant tous les détritus du dépotoir qui semblent rapetisser à vue d'œil.

En quelques secondes, tu as retrouvé ta taille d'enfant.

Tu reviens à la maison de ton oncle pour le dîner. Bertrand t'attend sur le balcon.

— Où étais-tu, poule mouillée?

— Dehors.

— Ah oui? fait-il en appliquant une prise de karaté sur ton bras.

Mais, à sa grande surprise, et à la tienne aussi, tu fais un mouvement vif et le neutralises.

— Aïe! gémit Bertrand en se frottant la main. Comment fais-tu ça?

Tu ne réponds pas. Mais il semble que le gâteau t'a non seulement fait grandir, mais qu'il a aussi accru ta force et ta vitesse. Le reste de l'été ne se déroulera peut-être pas si mal à la

FIN.

Tu décides de combattre la souris. Elle marche sur toi d'un air méchant. Méchant et affamé.

Mais comme elle est grosse, tu auras besoin d'une arme. Tu regardes désespérément autour de toi.

Il y a une boîte d'ustensiles accrochée à l'intérieur de la porte. Dedans se trouvent des brochettes à épis de maïs. Une extrémité de la brochette est pointue, l'autre est munie d'un manche en plastique. Tu attrapes l'une de ces brochettes par le manche ; c'est une véritable épée pour toi.

Tu te tournes enfin vers la souris.

Elle s'approche en te montrant ses affreuses dents jaunes. Elle se jette sur toi, mais tu recules d'un pas en tenant la brochette pointée en avant. La souris évite l'épée.

Elle tend une patte griffue et t'égratigne le bras. Tu pousses un cri de douleur en donnant un coup d'épée.

Vous semblez de force égale. Seule la chance peut vous départager.

Compte le nombre de lettres de ton prénom.

Si le nombre de lettres est pair, va à la PAGE 25.
S'il est impair, va à la PAGE 88.

Tu cours à toutes jambes vers le tas de métal.

Le lézard te suit; tu cours plus vite.

Il darde sa langue collante hors de sa bouche et touche ton chandail. Tu atteins enfin le monceau d'objets métalliques rouillés. Ce sont des voitures accidentées.

Tu grimpes sur la portière écrasée d'une des autos. Le lézard s'élance derrière toi. Tu passes par la fenêtre et atterris sur le tableau de bord.

Tu jettes un regard par-dessus ton épaule; le lézard te dévisage.

Où pourrais-tu te cacher?

C'est alors que tu penses au coffre à gants. Parfait! Tu t'y glisses et refermes la portière derrière toi.

Impossible que le lézard vienne te chercher ici. Le compartiment est rempli de vieilles cartes routières. Il y a aussi une lampe de poche rouillée, un trousseau de clés et un rouleau de bonbons à la menthe à moitié vide. Pour toi, ces objets prennent l'allure de mobilier.

Tu te couches sur une carte et te détends un peu.

C'est alors que tu entends un son assourdissant et que l'auto se met à tanguer sur place.

Vite! Va à la PAGE 114.

Il n'est plus là! Le réfrigérateur a disparu!

En fait, tous les meubles du sous-sol sont partis! Le sous-sol est vide!

Tu cours dans la cuisine où ta tante s'apprête à partir pour le travail.

— Tante Flore! t'écries-tu. Où est le réfrigérateur qu'il y avait au sous-sol?

— Patricia m'a dit que tu jouais en bas hier, fait ta tante, les sourcils froncés.

Espèce de panier percé! Elle a parlé à sa mère même si tu as joué avec sa stupide maison de poupées.

— Ne t'inquiète pas, continue ta tante. Tous les meubles sont partis au dépotoir tôt ce matin.

— Mais...

— Ces vieilleries étaient sales et dangereuses. Maintenant, vous pourrez descendre quand vous voudrez.

Elle t'embrasse sur le front et quitte la maison avant que tu puisses lui poser d'autres questions.

Tu la regardes partir d'un air stupide. Tu as de gros problèmes, on dirait. Ou des petits, comme tu veux. Tu rapetisses toujours et tu as peur de disparaître.

Si tu crois pouvoir trouver le réfrigérateur au dépotoir, va à la PAGE 24.

Si tu penses que tu devrais aller voir un médecin, va à la PAGE 120.

— J'aimerais essayer le traitement au laser, dis-tu.

— Excellent! répond le professeur Abel. Reste ici.

Il traverse la pièce en courant et revient en poussant un gros appareil. On dirait un énorme fusil blanc avec un canon pointu qu'il dirige sur toi.

Le professeur presse plusieurs boutons de la télécommande. Le laser se met en marche avec un bruit strident. Soudain, un rayon rouge t'atteint et tu te mets aussitôt à suer et à haleter. Mais ta taille demeure inchangée.

Le professeur éteint l'appareil.

— Y a-t-il des résultats? demande-t-il.

— Ça ne marche pas.

— Oh! fait-il. Je devrais peut-être mettre toute la puissance.

Il presse d'autres boutons de la télécommande. Soudain, un bruit sec se fait entendre et toute la pièce est baignée d'un éclat rouge vif.

Tu tombes au moment où tout se met à trembler. La lumière est si vive que tu dois couvrir tes yeux. Elle pâlit lentement et devient rose. Les tremblements s'arrêtent et le laser se tait.

Tu es toujours aussi minuscule.

On dirait que le professeur Abel a disparu.

— Professeur? appelles-tu. Professeur!

Tu approches du bord de la table et regardes par terre. Couché sur le plancher, se trouve un petit être vêtu d'un sarrau blanc, comme...

Vite! Va à la PAGE 36!

— Qu'y a-t-il? demandes-tu à Patricia.

— Regarde ta montre, fait-elle en pointant ton poignet du doigt.

Tu baisses les yeux; ta montre pend à ton poignet.

— C'est étrange, murmures-tu. Le bracelet doit être trop lâche.

— Il est en métal, te dit Patricia. Comment pourrait-il s'étirer? Était-il bien ajusté à ton arrivée?

— Je crois, oui.

Bonne question à laquelle tu n'as pas de réponse.

Tu remarques autre chose. En arrivant, tu mesurais au moins vingt centimètres de plus que Patricia. Maintenant, tu sembles avoir la même taille qu'elle. Comment est-ce possible?

Que se passe-t-il? Cours à la PAGE 78.

Tu sors de la maison en courant et te diriges à droite, mais tu dois t'arrêter une minute. Des taches roses apparaissent devant tes yeux et tes orteils se mettent à piquer. Une fois ces sensations bizarres estompées, tu descends la rue en courant jusqu'à l'arrêt du 103.

En passant près de la boîte aux lettres de ton oncle, tu remarques qu'elle est maintenant plus haute que toi. Tu as encore rapetissé!

Tu arrives à l'arrêt en même temps que l'autobus. Tu montes à bord.

— Une minute, dit le chauffeur. Quel âge as-tu?

— Douze ans, réponds-tu.

— À d'autres, fait le chauffeur en riant. Tu es trop minuscule pour ton âge! J'ai bien peur que tu ne puisses pas prendre l'autobus sans tes parents.

— Mais il faut que j'aille à l'université!

— Désolé. Les règlements sont les règlements, fait le chauffeur en te refermant la porte au nez.

On dirait que tu n'as pas fait le bon choix et que cette aventure se termine en queue de poisson.

Mais attends! Tu as une autre chance. Tu peux essayer de retrouver le réfrigérateur et de vérifier s'il contient toujours le pot de beurre d'arachide mauve. Retourne vite chez ton oncle. Ce sera un endroit plus sûr pour refaire un plan!

Va à la PAGE 58.

Tu as déjà entendu dire que les punaises d'eau volent parfois, sans en avoir jamais vu faire.

Tu souhaitais bien ne jamais en voir, mais maintenant, tu te rends compte que tu as la chance d'en avoir trouvé une qui peut voler. C'est le moyen pour toi de sortir de l'égout.

Mais tu dois d'abord trouver la façon de gouverner avant de descendre du dos de l'insecte gluant. Tu agrippes son antenne gauche et la tire très fort. La punaise tourne à gauche. Tu tires l'antenne droite et l'insecte tourne à droite. Les antennes te serviront de rênes!

Tu diriges donc la punaise d'eau le long de l'égout jusqu'à ce qu'il y ait un fossé d'évacuation au-dessus de ta tête. Tu la guides le long de la canalisation jusque dans la rue.

Tu presses ensuite les flancs de l'insecte qui s'envole de plus en plus haut. Bientôt, la ville est toute petite. Tu scrutes la campagne jusqu'à ce que tu aperçoives enfin le dépotoir de la ville.

Tu guides finalement l'insecte vers le sud, droit sur le dépotoir. Ce dernier est immense: il s'étend sur des kilomètres. Comment y retrouver le réfrigérateur?

L'insecte commence à voler plus vite en approchant du dépotoir. Il plonge et effleure le sol. Il se dirige droit sur une montagne de déchets pourris!

Vite! Descends de la punaise d'eau et va à la PAGE 59.

Tu vas essayer le sauna. Pas question d'être le cobaye d'un nouvel appareil!

Tu enfiles le grand maillot de bain qu'Arnold te prête, puis tu entres dans une pièce saturée de nuages de vapeur.

Il fait tellement chaud! La vapeur remplit tes yeux, ta bouche et tes narines. Tu te mets à transpirer. Tu t'assois sur un banc en bois. La vapeur est de plus en plus chaude. Tu transpires à grosses gouttes et le maillot de bain est de plus en plus grand pour toi.

Ça marche! Tu rapetisses!

La vapeur chaude te détend. Tes muscles se relâchent et on dirait que tu as sommeil.

Quand tu te réveilles, tu as terriblement soif. De l'eau, il te faut de l'eau à tout prix. Tes jambes sont molles comme du coton lorsque tu descends du banc. Tu avances jusqu'à la porte... impossible de l'ouvrir: tu n'arrives même pas à toucher la poignée.

La vapeur a bien travaillé. Tu as rétréci... comme un chandail en laine qu'on a lavé à l'eau bouillante.

— Laissez-moi sortir d'ici! cries-tu en tapant sur la porte.

Arnold a complètement oublié que tu étais là.

La vapeur continue d'entrer dans la pièce et tu continues de rapetisser. Lorsque tu as atteint la taille d'un petit pois, tu abandonnes tout espoir.

Cette aventure fumante est arrivée à sa

FIN.

Tu te retournes et te diriges vers l'autoroute.

Attention où tu mets les pieds! Il y a une bicyclette.

Crac! Tu viens d'écrabouiller la voiture de l'oncle Henri!

Espérons que tu n'écraseras ni humain ni animal.

Tu enjambes prudemment un camion stationné. Les voisins ne cessent pas de crier:

— Au monstre! Au monstre!

Il faut que tu partes au plus tôt!

Une fois sur la route principale, tu détales. Crac! Les autos s'emboutissent derrière toi, mais tu dois continuer sans regarder en arrière. C'est alors que tu entends un son qui te fait peur: des sirènes, un grand nombre de sirènes.

Quelqu'un du voisinage a appelé la police. Tu es dans le pétrin jusqu'au cou. Si les voisins n'ont pas accepté de t'écouter, la police le fera-t-elle?

Les gyrophares des véhicules d'urgence se rapprochent à une vitesse folle. Juste au-dessus, des hélicoptères bourdonnent comme des frelons enragés.

C'est une attaque en règle! Que faire? Où aller?

Mais tu aperçois soudain l'un des seuls endroits au monde où tu pourras te cacher jusqu'à ce que tu aies retrouvé ta taille normale.

Va à la PAGE 54.

Tu te penches, lèches la glace, puis tu attends.

Au début, rien.

Tes bras se mettent ensuite à faire mal, puis tu as une drôle de sensation à la bouche; il t'arrive quelque chose! Tu regardes le réfrigérateur qui semble rapetisser à vue d'œil.

Tu grandis! Ça marche!

Tu sors du réfrigérateur au même moment où le lézard y entre. Il grimpe sur la boîte et avale la miette de gâteau.

Tu t'apprêtes à retourner chez ton oncle, mais tu entends un bruit violent derrière toi. Tu jettes un regard par-dessus ton épaule et aperçois le lézard qui remplit totalement le réfrigérateur. La miette de gâteau l'a fait grossir, lui aussi!

Va à la **PAGE 55.**

— Un, compte Bertrand, deux, trois, quatre, vingt-sept, vingt-huit, cinquante...

Ton cousin triche, comme d'habitude. Trouve vite un endroit où te cacher.

Mais où? Patricia laisse tomber Bouledepoil et court derrière la maison. Tu veux t'éloigner d'elle le plus possible. Tu regardes autour de toi, puis rentres dans la maison sur la pointe des pieds.

Tu te retrouves au milieu d'un petit boudoir rempli de meubles. Il ne te reste plus beaucoup de temps. Où te cacher?

Tu contournes une couple de vieilles chaises, puis prends le couloir qui conduit dans la cuisine.

— Soixante-dix! crie Bertrand de la cour. Quatre-vingt-deux! Quatre-vingt-six!

À droite du réfrigérateur, il y a une porte. Tu l'ouvres; des marches raides mènent dans une pièce sombre qui sent le moisi. Ça doit être le sous-sol.

Mais ta tante et ton oncle t'ont bien défendu d'y aller.

— Quatre-vingt-treize! crie Bertrand.

Vite! Prends une décision. Devrais-tu oublier les avertissements de ta tante et de ton oncle et descendre te cacher au sous-sol? Ou trouver un autre endroit?

Pour te glisser au sous-sol, va à la PAGE 71.
Pour trouver une autre cachette, va à la PAGE 47.

Tu traverses le couloir aussi vite que te le permettent tes courtes jambes. Les pas du concierge retentissent derrière toi.

Tu entres vite dans le laboratoire du professeur Abel et te caches dans l'espace entre la porte ouverte et le mur.

— Où est cette souris? crie le concierge.

— Il n'y a pas de souris ici, lance une voix amicale à l'autre bout de la pièce.

Levant les yeux, tu aperçois un grand scientifique à barbe blanche qui est assis derrière une table. Le professeur Abel, probablement.

— Jetons un coup d'œil pour s'en assurer, insiste le concierge.

Tu retiens ton souffle lorsqu'il entre dans la pièce et se met à fouiller partout pour te trouver.

«Pourvu qu'il ne regarde pas derrière la porte», te dis-tu.

— Je ne pense pas qu'elle soit entrée ici, dit finalement l'homme. À plus tard, professeur.

Tu pousses un soupir de soulagement. Sortant prudemment de derrière la porte, tu regardes autour de toi. Le laboratoire est immense. Il y a des tables et des étagères remplies de livres partout. Deux gros appareils métalliques sont dressés dans un coin. Tu entends un bouillonnement.

Vas-tu trouver de l'aide ici? Comment réussir à attirer l'attention du professeur Abel?

Va à la PAGE 9.

Les yeux sont au centre d'un visage orange et velu. Un tigre géant ! La bête se lèche les babines.

Ce n'est pas un tigre, mais ça pourrait bien en être un. C'est le chat de Patricia, Bouledepoil. Il ne sait pas que tu es un être humain. Tout ce qu'il sait, c'est que tu ressembles drôlement à quelque chose qui se mange.

— Gentil Bouledepoil, dis-tu en reculant.

Le chat cligne ses paupières une fois, puis s'accroupit sur le balcon. Il se prépare à bondir.

Tu cours vers les marches. Tu dois te tenir sur la pointe des pieds pour atteindre la première. Tu te hisses à bout de bras.

Bouledepoil grogne doucement derrière toi.

La deuxième marche est plus facile à grimper. Elle est usée et tu utilises les éclats de bois comme supports.

La dernière marche est aussi couverte d'éclats de bois qui s'accrochent à tes vêtements et te rentrent dans la peau. Mais tu grimpes aussi vite que possible. Bientôt, tu atteins le balcon, à bout de force. Mais tu n'as pas le temps de te reposer. Bouledepoil se prépare à sauter sur toi.

La porte moustiquaire est ouverte de quelques centimètres, mais il faut d'abord traverser tout le balcon. As-tu le temps de t'y rendre ?

Ou devrais-tu entrer dans la maison de poupées de Patricia, beaucoup plus proche ?

Cours vers la porte à la PAGE 19.
Entre dans la maison de poupées à la PAGE 44.

Tu décides de goûter au gâteau. Ce beurre d'arachide mauve te semble trop étrange. Tu as tellement faim que tu salives en prenant une grosse bouchée du gâteau.

La glace est dure, le gâteau, sec, et il a un drôle d'arrière-goût. Tu as déjà connu mieux.

Mais du chocolat, c'est du chocolat, et tu meurs de faim! Ta bouche s'ouvre pour en prendre une deuxième bouchée lorsque tu entends ta tante qui t'appelle.

Oh, oh! Ta tante est encore à la maison. Tu n'as pas envie de te faire prendre au sous-sol! Que faire? Tes yeux font le tour de la pièce, cherchant un endroit pour sortir.

Il y a la fenêtre du sous-sol! Tu traverses la pièce en courant et monte sur le dossier d'un vieux divan. En te hissant sur le bout des orteils, tu atteins le rebord de la fenêtre sur lequel tu grimpes.

Heureusement, la fenêtre est ouverte. Tu te glisses par l'ouverture et retombes dans le gazon.

Fantastique! Personne ne va jamais savoir que tu as visité le sous-sol. Ton problème est réglé.

Mais lorsque tu te retournes sur le dos, tu fais face à un autre genre de problème.

Qu'est-ce que c'est? Va à la PAGE 27.

Tu regardes vers la rue. Une voiture de police arrive à toute vitesse au terrain de jeu. Son gyrophare est allumé et sa sirène hurle.

— Tu vas avoir de gros problèmes! te crie Bertrand en se sauvant.

« Merci, cousin », penses-tu en le voyant disparaître.

— Ce n'était pas ta faute, te dit la lanceuse rousse. C'était un superbe coup de circuit.

— Tu devrais partir d'ici au plus vite, suggère un autre joueur.

Que devrais-tu faire? Tu n'avais pas l'intention de briser la fenêtre. La police te croira-t-elle? Que feront les agents? Tu devrais peut-être te cacher jusqu'à ce qu'ils s'en aillent.

Si tu attends la police et avoues, va à la PAGE 73.
Si tu te sauves et te caches, va à la PAGE 4.

— J'adorerais me joindre au cirque, dis-tu.

— Fantastique! s'écrie le clown. Nous réglerons les détails plus tard. Tu vas travailler avec les tigres à partir de maintenant!

Au moment où les spectateurs prennent place pour le prochain spectacle, Tombo le dompteur te jette un regard sombre.

— Tu ne connais rien aux tigres. Ils peuvent être très dangereux. Et les gens aussi!

Est-ce une menace déguisée? Avant de pouvoir le découvrir, le chef de piste annonce ton numéro.

— Je vous présente maintenant Tombo, le dompteur, et son étonnant assistant!

L'orchestre entame un air entraînant et les projecteurs éclairent le centre de la piste. Tombo fait sortir les cinq tigres de leur cage. Les gros félins sautent sur leur tabouret au centre de la piste.

Ils grognent et rugissent en voyant approcher Tombo. Ce dernier tient un anneau enflammé et fait claquer son fouet. Un à un, les tigres sautent à travers les flammes. La foule applaudit.

— Voyons voir si tu peux battre ça, toi, se moque-t-il, méprisant.

Tu te sens triste pour les bêtes. C'est vrai qu'elles peuvent être dangereuses, mais elles n'aiment sûrement ni le fouet ni les sauts à travers des anneaux enflammés. Mais il faut que tu amuses la foule.

Mets-toi au travail à la PAGE 56.

L'auto est secouée de plus en plus fort. Est-ce un tremblement de terre?

Tu ouvres un peu le coffre à gants. Le lézard est parti, mais... oh non!

Par la fenêtre, tu aperçois une énorme machine qui soulève l'auto et la pousse vers les mâchoires métalliques d'un broyeur d'autos!

Il faut que tu sortes de là!

D'un bond, tu sors du coffre à gants. Tu traverses le banc en souhaitant pouvoir te rendre à la fenêtre... Mais les vibrations te jettent sur le plancher.

Tu te relèves et examines le plancher à la recherche d'un trou. Peut-être pourrais-tu ouvrir la portière!

Le bruit du broyeur est assourdissant. Une autre secousse te jette par terre. En levant les yeux, tu t'aperçois que le plafond de l'auto se rapproche dangereusement.

Plus près, de plus en plus près.

Dans quelques secondes, le broyeur aura écrabouillé l'auto — et toi — en une galette de métal.

Hélas, pour toi, cette aventure connaît une triste

FIN.

Le plancher est bien bas.

Il serait peut-être plus sûr de descendre et de remonter sur l'autre table. Ce sera long, mais tu y arriveras au moins en un seul morceau.

Tu descends par le pied de la table. Heureusement, le bois sculpté t'offre des prises pour mettre tes pieds.

Une fois au sol, tu cours vers la table de laboratoire. En levant les yeux, tu t'aperçois que le professeur Abel est déjà à mi-chemin.

— Je suis juste derrière vous, lui dis-tu.

Tu te mets à grimper lentement, en t'agrippant à chaque fois. C'est difficile mais ça avance. Tu regardes en haut de nouveau. Le professeur met justement la main sur le dessus de la table.

Malheureusement, il attrape le coin d'un gros dictionnaire qui bascule par-dessus bord. Le professeur réussit à balancer ses jambes et à s'écarter du passage du livre.

Tu n'as pas autant de chance.

— Oh non!

Le livre tombe de la table en t'entraînant dans sa chute. Tu atterris sur le plancher avec un bruit sourd d'os fracassés. Une pile de livres s'écrasent sur ta tête.

Pas de chance.

Au fait, quel est le terme scientifique pour ÉCRABOUILLAGE?

FIN

Tu décides de te lier d'amitié avec la souris. Tu veux qu'elle sache que tu ne représentes pas une menace pour elle.

— Bonjour, souricette, dis-tu de ta voix la plus mielleuse en tentant d'oublier ses longues dents jaunes.

La souris s'arrête et te regarde de ses petits yeux. Tu repenses à toutes les souris de tes cours de sciences naturelles. Tu sais que ce sont des animaux curieux. Comment attiser sa curiosité... plutôt que son appétit?

Tu commences par lui faire des grimaces. Tu te frottes l'estomac d'une main en te tapant la tête de l'autre main. La souris continue de te dévisager. Elle semble moins dangereuse, plus intéressée.

Tu fais la roue, mais ton talon heurte un couvercle en métal.

— Aïe! cries-tu.

La souris pousse un petit cri comme si elle comprenait que tu t'étais fait mal.

Tu lui réponds avec les mêmes petits couinements. Si seulement tu pouvais la convaincre que tu n'es qu'une souris d'un genre différent.

— Couiiiiii! crie la souris.

— Couiiiiii! réponds-tu.

Et, soudain, la souris plonge sur toi, la bouche grande ouverte. As-tu commis une erreur? L'as-tu insultée dans la langue des souris?

Va à la PAGE 45.

C'est un son que tu ne croyais plus jamais avoir le bonheur d'entendre : la voix de ta cousine !

— Bouledepoil ! s'écrie Patricia. Que fais-tu près de ma maison de poupées ?

Tu entends un craquement et le plancher de la cuisine est soudain inondé de lumière. Patricia a retiré le toit de la maison.

— Tu vois ? dit-elle à son chat. Il n'y a rien ici... mais, qu'est-ce que c'est ?

Tu vois alors ses yeux ronds qui te fixent.

— On dirait un petit être vivant ! s'exclame-t-elle en tendant la main vers toi.

— Non ! Ne me reconnais-tu pas ? Tu es ma cousine !

Mais ta voix n'est qu'un faible murmure. Elle ne peut pas t'entendre.

— Fantastique ! murmure-t-elle. Une autre poupée pour moi !

— Mais je ne suis pas une poupée ! protestes-tu.

— Reste là, te dit Patricia. Je vais aller te chercher des choses à manger. Nous allons prendre le thé. Ce sera amusant !

— Attends ! cries-tu.

Mais avant que tu puisses protester plus fort, elle replace le toit de la maison. Tu ne peux qu'attendre son retour. Peut-être pourras-tu alors lui expliquer tranquillement ce qui t'arrive.

Si seulement Bouledepoil pouvait partir.

Et tu entends alors une autre voix... qui vient de l'intérieur de la maison.

Va à la PAGE 82.

Tu ne peux pas faire partie du cirque ! Il faut d'abord que tu rapetisses.

— Merci de votre offre, dis-tu au clown. Mais je n'ai pas toujours eu cette taille, ajoutes-tu en lui expliquant ton problème.

— Je comprends, te répond le clown. J'apprécie ton honnêteté. En retour, je puis peut-être t'aider. Il y a ici une diseuse de bonne aventure qui possède des dons étranges. Elle pourra peut-être t'aider à retrouver ta taille normale.

Après le spectacle, le clown te présente une petite vieille vêtue d'une longue robe rose. Son visage est tellement ridé qu'on jurerait qu'elle a au moins cent ans.

— Je prédis, commence-t-elle avec un accent étranger, que tu vivras longtemps et posséderas beaucoup d'argent.

— Non, non, fait le clown. On ne veut pas savoir l'avenir. Cette personne a besoin d'aide !

— C'est différent, dit-elle. Mes prédictions sont toujours fausses.

Tu remarques que son accent a maintenant disparu.

Ton cœur se brise ; tu croyais qu'elle avait de réels pouvoirs.

— Mes pouvoirs sont réels, dit-elle comme si elle lisait dans ta pensée. Mais je ne les utilise pas pour dire la bonne aventure. Tout le monde veut la même chose : honneur, argent, succès... Dis-moi, fait-elle en soupirant, quel est ton problème ?

Dis-le-lui à la PAGE 7.

— À quelle condition? sanglote Bertrand. Je ferai tout ce que tu veux. Tout!

— D'abord, dis-tu, tu dois me promettre de ne pas appeler la police.

— Je le promets, s'écrie Bertrand.

— Ensuite, tu dois me promettre d'être gentil avec moi. Tu vas me prêter ta bicyclette et tous tes autres jouets. Et tu ne battras plus jamais personne.

— Je le promets, fait Bertrand en avalant sa salive avec difficulté.

— Parfait, annonces-tu. Je te laisse la vie sauve.

Tu te prépares à le remettre par terre lorsque ton corps devient tout chaud. On dirait presque que...

Oh, oh!

Que se passe-t-il? Découvre-le à la PAGE 46.

Tu penses que tu ferais mieux d'aller voir un médecin.

Comment en trouver un? Tu regardes près du téléphone. C'est habituellement l'endroit où les parents gardent les numéros d'urgence. Et te voilà vraiment face à une urgence.

Tu as de la chance! Il y a une liste de numéros épinglée au mur. Entre le numéro de téléphone de la police et celui de la pizzéria préférée de la famille, il y a celui du docteur Janvier.

Tu composes vite en essayant de ne pas penser à quel point il t'est difficile de rejoindre l'appareil.

Une voix de femme te répond.

— Bureau du docteur Janvier.

— Il faut que je voie le docteur tout de suite, dis-tu.

— C'est à quel sujet?

— Je rapetisse!

Il y a un silence profond à l'autre bout de la ligne.

— S'il vous plaît! Vous devez m'aider, supplies-tu. Mes vêtements sont trop grands, je ne peux plus rejoindre le téléphone et ma montre...

— Est-ce que je peux parler à un adulte? t'interrompt la femme.

Elle ne te croit pas.

— Il n'y a personne à la maison. C'est une urgence!

— Le docteur est très occupé, dit froidement la femme. Et je n'ai pas de temps à perdre avec des stupidités.

Tu raccroches le combiné.

Que vas-tu faire? Va à la PAGE 12.

La police court toujours après toi et des renforts arrivent. Tu fuis le cirque en direction de l'autoroute.

Les sirènes hurlent de plus en plus fort. Ton cœur bat de terreur en voyant les gyrophares approcher. Comment vas-tu t'en sortir?

Tu regardes dans l'autre direction. D'autres gyrophares, d'autres sirènes.

Et un éléphant!

— Aaaaarrr! barrit Dodo qui doit avoir suivi ta piste.

Tu regardes l'éléphant qui semble bien t'aimer; on dirait qu'il sourit.

Tu jettes un regard sur l'autoroute, puis il te vient une idée.

— Dodo, chuchotes-tu, aimerais-tu me rendre un gros service?

— Aaaaaarrrr! répond l'éléphant comme s'il te comprenait.

— Voici mon plan, Dodo. Tu vas les distraire pendant que je vais m'enfuir.

Tu jurerais que Dodo hoche la tête. Tu le grattes derrière l'oreille, puis l'animal part sur l'autoroute, vers la police.

Tu regardes les voitures de police freiner et déraper pour éviter l'éléphant. Dodo balance sa trompe au-dessus des voitures; on dirait qu'il y prend plaisir.

Tu repars dans la direction opposée.

Cours à la PAGE 41.

Patricia plonge la main dans le coffre et en tire le fard à paupières de tante Flore. Elle se penche ensuite vers le miroir.

Tu sautes et attrapes le bord d'un drap de bain suspendu au lavabo. Tu commences à y grimper en t'agrippant aux gros fils.

Tu as presque atteint le lavabo lorsque la serviette se met à glisser sur son support, entraînée par ton poids !

Tu n'as pas d'autre choix que de bondir sur le lavabo. Tu réussis de justesse. Tes doigts restent agrippés à la porcelaine glissante, puis tu te hisses jusque sur le lavabo.

Pendant tout ce temps, Patricia applique le fard... et c'est laid. Elle met maintenant du mascara.

— Patricia ! hurles-tu.

Elle prend un tube dont elle enlève le bouchon. Elle commence ensuite à étendre le rouge à lèvres sur tout son visage.

— Patricia ! répètes-tu en essayant de te rendre juste en dessous d'elle.

Tu butes sur une brosse à dents. En reprenant ton équilibre, l'un de tes pieds glisse dans un peu de dentifrice. Heureusement, tu évites de glisser en bas du lavabo.

Patricia s'admire toujours dans le miroir.

Ça ne marche pas ; tu devras avoir recours à des moyens plus efficaces.

Fais-toi remarquer à la PAGE 70.

— Jamais je ne me rendrai! répliques-tu en te mettant à courir.

— Capturez ce monstre! crie le professeur Hétu. Ne le laissez pas s'échapper!

Comment pourront-ils te capturer? Tu fais au moins vingt fois leur taille à chacun.

Mais, d'un autre côté, où peux-tu aller?

Veux-tu réellement passer le reste de ta vie à te sauver? Peut-être que si tu parlais au professeur Hétu, tu réussirais à le convaincre de t'aider à retrouver ta taille normale.

Tu cesses de courir et te retournes. Le camion rouge du professeur est juste derrière toi.

— Je veux parler, annonces-tu.

Le camion s'arrête, le professeur en descend.

— J'écoute! crie-t-il. Tu as trente secondes pour t'expliquer.

Penses-y bien. Tout ce que tu diras sera retenu contre toi. Mais, avant même de commencer, tu te sens tout à coup très étrange. Tu as des étourdissements et ta bouche devient toute sèche. Affreusement sèche.

Que se passe-t-il?

Découvre-le à la PAGE 20.

Tu attends que Bouledepoil lève sa patte, puis tu cours vers la porte de toute la vitesse de tes petites jambes.

Mais Bouledepoil est plus rapide que toi. Avec une force étonnante, il te frappe de sa patte et tu voles à travers le balcon. Tout devient noir.

Lorsque tu reviens à toi, tu es dans ton lit.

«Tante Flore doit avoir trouvé mon corps et l'a ramené dans ma chambre.»

C'est merveilleux! Tu te rends compte que ton lit est de la grosseur normale et que ton oreiller s'adapte parfaitement à ta tête! Tu repousses les couvertures et tu aperçois tes orteils, à l'autre bout du lit. Tu as retrouvé ta taille normale!

Quelle sensation! Tu sautes sur tes pieds et cours te regarder dans le miroir. Pendu à la bonne hauteur, il ne t'oblige même pas à te hausser sur la pointe des pieds. Ce n'était peut-être qu'un mauvais rêve après tout.

Mais tu remarques alors quelque chose de terrifiant à la fenêtre. C'est une paire d'yeux jaunes géants qui te dévisagent. Les yeux sont plantés au milieu d'une face de tigre.

C'est Bouledepoil!

Tu as atterri dans la maison de poupées; pas étonnant que les meubles soient tous à ta taille.

Te voilà un enfant miniature.

C'est bien triste; ce n'était pas ton jour de chance après tout.

FIN

Tu lèches toute la poudre qui se trouve dans la paume de ta main. Une seconde plus tard, on dirait que ta bouche est en feu! C'est le produit le plus piquant que tu as jamais goûté!

Tu sors du grand chapiteau pour trouver de l'eau. Tout près, il y a un gros réservoir servant à abreuver les animaux. Tu l'arraches de son support et en avales le contenu d'un trait!

Ça ne sert à rien. Tu dois trouver d'autre eau!

Tu quittes le cirque. À peu de distance, tu aperçois un lac. Tu y es en trois bonds. Tu t'agenouilles et commences à boire l'eau du lac.

Lorsque ce dernier est vide, tu commences à te sentir mieux. Tu te lèves et remarques que tu es énorme.

Tu es tellement gigantesque que le lac asséché n'est plus qu'un petit point, loin en dessous.

Un avion à réaction vrombit près de ton oreille.

Tu es si énorme que ton pied couvre un comté tout entier! On dirait que tu as ingurgité trop de poudre magique. Elle a eu l'effet contraire!

Oh! Tu n'arrives plus à respirer. Ta tête dépasse maintenant l'atmosphère respirable.

C'est dommage. On dirait que cette aventure a pris des proportions infinies!

FIN

Tu devrais t'en tenir à ton plan original. Ta tante va accepter de t'aider alors que ces scientifiques vont vouloir se servir de toi pour leurs expériences.

Tu cours vers le pavillon administratif, sans te rendre très loin. Comme tes pieds ne sont pas plus gros que des ongles humains, ce n'est pas surprenant.

La fatigue t'envahit, mais tu repères finalement le pavillon administratif. En mettant le pied sur la première marche, les taches roses se mettent à danser devant tes yeux et le picotement reprend à son tour.

Lorsque tout revient à la normale, tu n'en reviens pas d'être aussi minuscule. Un brin d'herbe te paraît aussi gros qu'un chêne!

Les taches apparaissent de nouveau! Oh non! Tu rapetisses toujours!

Il t'a fallu trop de temps pour trouver de l'aide. Maintenant, il est trop tard. Tu rapetisses de plus en plus jusqu'à n'être plus rien à la

FIN.

Tu regardes la grosse bête sortir de son trou et venir vers toi. La face couverte de poils, elle a un long museau et d'affreuses grosses dents jaunes. Elle ouvre la gueule et pousse un petit cri aigu!

Ce monstre terrible est une souris trois fois plus grosse que toi qui es maintenant minuscule!

La souris jette un regard dans l'armoire, cherchant probablement de la nourriture. Soudain, elle t'aperçoit.

Elle se met à remuer les moustaches en reniflant dans ta direction. Elle se dirige vers toi.

Que vas-tu faire? Devrais-tu essayer de la combattre?

Peut-être n'est-elle pas plus méchante que la souris en cage de ta classe. Elle pourrait devenir ton amie.

Peu importe ce que tu décides, tu dois agir vite! Aucune autre sortie que le trou de souris. Et la souris n'est plus qu'à un poil de moustache de toi!

Tu combats la souris? Va à la PAGE 98.

Ou tu te lies d'amitié avec elle? Essaie la PAGE 116.

Le long corps gris du dinosaure est couvert d'écailles. Il gratte le sol de ses griffes épouvantables et darde sa langue étroite hors de sa grande bouche.

Mais c'est impossible! Les dinosaures se sont éteints il y a des millions d'années.

Puis tu te rends compte que ce n'est pas un dinosaure, mais un lézard gris rayé. Tu es tellement minuscule que tu l'a pris pour un tyrannosaure!

Le lézard te fixe de ses yeux en vrille. Il darde de nouveau sa langue, puis s'avance vers toi.

Il te prend pour son dîner!

Vite! Sors d'ici!

Cours vers le tas de métal à la PAGE 99.
Cours vers la jungle à la PAGE 60.

— Je sais que tu étais en bas, continue Patricia de sa petite voix de fausset. Si tu ne viens pas jouer avec moi, je vais tout dire.

« Fantastique ! Je suis ici depuis moins d'une journée et c'est déjà l'enfer. »

— Je ne veux pas jouer avec toi ! cries-tu.

Oh là là ! Quel courage et quelle voix !

Les yeux de Patricia s'arrondissent ; elle commence à avoir peur.

— Tu ferais mieux de ne pas me dénoncer, lui ordonnes-tu.

— D'accord, fait Patricia. Je ne vais dire à personne que tu étais au sous-sol.

Changer de taille a quelque chose de merveilleux. Tout ce qui pourrait empêcher Bertrand et Patricia de t'embêter est fantastique. Cette poussée de croissance arrive au bon moment !

Maintenant que tu n'as plus tes cousins sur le dos, tu décides d'aller explorer les environs. En quittant la maison, tu te rends compte que les chaussures de ton oncle te vont maintenant à la perfection. Elles ne sont même plus trop grandes. Bizarre ! C'est que tu dois encore grandir. Mais tu repousses vite cette idée.

Dans un terrain de jeu, de l'autre côté de la rue, des enfants jouent à la balle molle. Tu cours les rejoindre.

— Ne viens pas ici, poule mouillée ! entends-tu soudain.

C'est Bertrand qui t'interpelle du champ centre.

Si tu ignores Bertrand et te joins à l'équipe, va à la PAGE 26.

Si tu essaies de l'éviter, va à la PAGE 89.

Il y a une affiche devant la petite tente : VOYEZ LA FEMME À BARBE. RENCONTREZ L'HOMME À FACE DE SINGE. JOIES ET FRISSONS !

Vite, tu te penches et entres. Quelle surprise ! Dans un coin, couvert de tatouages de la tête aux pieds, un homme avale des épées. Un couple de personnes minuscules en vêtements élégants surveillent le spectacle. Ils arrivent à peine aux genoux tatoués de l'homme.

De l'autre côté de la tente, la plus grosse femme jamais vue est en train de tailler sa longue barbe noire. Tenant un miroir devant son visage, un homme se tient sur les mains, le miroir entre ses pieds !

« Hé, ce n'est pas grave d'être gigantesque ici ! »

C'est à ce moment qu'on te frappe sur l'épaule. Tu te tournes et te retrouves face à un petit homme gras en habit de clown jaune.

— Tu es en retard ! te sermonne-t-il.

Il semble furieux, mais tu ne peux t'empêcher de rire. C'est bien difficile de le prendre au sérieux avec son visage blanc et sa grosse bouche rouge.

— Ce n'est pas drôle, dit-il. C'est l'heure du spectacle ! Vite !

Avant que tu puisses placer un mot, il te pousse dans le dos avec un long piquet de tente.

— Aïe ! t'exclames-tu en tombant dans un bout de rideau.

C'est sombre et quelque chose dégage une odeur écœurante. Où es-tu ?

Découvre-le à la PAGE 84.

Ce magnétisme n'est pas si mal. L'été sera peut-être palpitant après tout !

En marchant sur le trottoir, tu fais semblant d'être un personnage magnétique. Chaque fois que tu passes près d'un poteau métallique, tu fais comme si tu le forçais à te saluer.

Si seulement Patricia et Bertrand étaient des robots en métal !

Comment tirer parti de ton pouvoir magnétique ? Tu entends alors un son étrange. On dirait un océan en furie. Tu regardes autour de toi.

Ce n'est pas vrai ! Des centaines et des centaines de boîtes de conserve volent dans ta direction. On dirait des abeilles métalliques géantes. Elles viennent de derrière un mur en ciment, droit sur toi. Tu regardes l'affiche sur le mur.

CENTRE DE RECYCLAGE DE FRISEVILLE

Tu vas bientôt te retrouver sous des tonnes de cannettes recyclables... grâce à ta personnalité très attirante.

FIN

Tu regardes l'enfant devant toi et ce dernier a un air ahuri. Tu comprends maintenant ce qui a pu se passer.

— Le laser a échangé nos corps! s'écrie le professeur Abel avec ta voix.

— Je sais, reprends-tu, de la voix du professeur.

— Tu dois revenir en arrière, dit-il.

— Pas encore, réponds-tu après un moment.

— Que veux-tu dire, «pas encore». Quand?

— À la fin de l'été, dis-tu.

«Lorsque j'en aurai fini avec mes deux cousins», penses-tu.

— Il n'en est pas question! grogne le professeur.

— Pouvez-vous le faire sans mon aide?

— Bien sûr que non! s'exclame-t-il.

— Alors, vous n'avez pas le choix.

Tu vas jusqu'à son bureau et cherche le numéro de ta tante dans l'annuaire du téléphone.

— Que fais-tu? demande le professeur pendant que tu composes le numéro de ta tante. Tu ne peux pas m'abandonner comme ça!

La voix de ta tante répond au téléphone.

— Pouvez-vous venir chercher un enfant? demandes-tu avec ta voix d'adulte. Je ne peux pas travailler avec lui!

— Ne vous inquiétez pas, professeur, ajoutes-tu après avoir raccroché. Je vais aller vous chercher dès que j'aurai découvert la formule pour faire disparaître mes cousins.

FIN

L'épingle à ressort retombe sur le sol. C'est raté. Essaie de nouveau.

Tu campes bien ton pied, fais tourner la corde au-dessus de ta tête, fixes ton regard sur l'étagère et...

Ça marche! L'épingle reste accrochée à la tablette du haut. De toute la force de tes bras, tu grimpes à la corde.

Une fois à mi-chemin, les muscles de tes bras se mettent à trembler. Une brise fait balancer la corde. Tu t'accroches bien jusqu'à ce que le vent tombe. Puis tu continues de grimper.

Tu atteins finalement la tablette du haut. Tu lâches la corde et regardes autour de toi. Oh non!

Le bocal n'est plus là! Il ne reste que la boîte de gâteau.

Que faire? C'était ta dernière chance.

Va à la PAGE 49.

« Que m'arrive-t-il ? te demandes-tu. Suis-je malade ? Si je continue de grandir, je n'entrerai plus dans aucun de mes vêtements ! »

Tu t'arrêtes au beau milieu de la rue.

Une pensée terrible vient de surgir dans ton esprit.

Et si tu n'arrêtais jamais de grandir ?

Tu restes là, à t'inquiéter, lorsqu'un autobus s'arrête. Une grande affiche est collée sur le côté du véhicule :

ÉNORME ?

VOS VÊTEMENTS SEMBLENT RAPETISSER ?

LA SOLUTION : CHEZ ARNOLD !

« Qui est ce Arnold ? » te demandes-tu. Pourrait-il être la réponse à tes problèmes ?

Si tu vas chez Arnold, rends-toi à la PAGE 61.
Si tu continues vers la maison, va à la PAGE 95.

Tu entends le CRAC! du bâton qui frappe la balle. Tu regardes, les yeux arrondis, la balle monter dans les airs et traverser le champ.

— Circuit! crie un des enfants.

La bouche de Bertrand s'ouvre toute grande.

Tu ne bouges pas d'où tu es. Tu regardes la balle poursuivre son chemin vers une maison voisine. La balle passe à travers une baie vitrée.

Peu importe que tu aies cassé une vitre; c'est le premier coup de circuit de ta carrière! Pendant que tu fais le tour des buts, les enfants t'acclament. Même Bertrand semble impressionné.

Quelle sensation! Tu jubiles jusqu'à ce que tu entendes la sirène d'une voiture de police.

Elle vient dans votre direction.

Va à la PAGE 112.

UN MOT SUR L'AUTEUR

R. L. Stine a écrit plus d'une cinquantaine de livres à suspense pour les jeunes. Ils ont tous connu un grand succès de librairie. Parmi les plus connus, citons : *La gardienne IV, Le fantôme de la falaise, Cauchemar sur l'autoroute, Rendez-vous à l'halloween, Un jeu dangereux.*

De plus, il est l'auteur de tous les livres publiés dans la populaire collection *Chair de poule.*

R. L. Stine vit à New York avec son épouse, Jane, et leur fils, Matt.

Hé, les mordus de Chair de poule™

Curly   Claquin   Muscade

Voici une offre unique à laquelle tu ne pourras pas résister!
Offre-toi ces magnifiques articles à l'effigie des personnages préférés de la série la plus populaire. Plus tu lis, plus tu économises!

Collectionne les coupons qui sont inclus dans chaque livre et profite de rabais supplémentaires. Découpe-les et fais-les parvenir avec ta commande pour bénéficier des rabais.

- Avec un coupon, tu peux te procurer un des articles mentionnés pour seulement 3,99$.
- Avec 2 coupons, tu ne paies que 2,99$.
- Avec 3 coupons, 1,99$. Une vraie aubaine!

Fais parvenir ta commande et ton chèque ou mandat-poste à l'adresse suivante:
Offre spéciale Chair de poule
300, rue Arran
Saint-Lambert (Québec)
J4R 1K5

Important:
Les fac-similés ne sont pas acceptés! Cette promotion est en vigueur jusqu'à épuisement des stocks. Veuillez allouer de 4 à 6 semaines pour la livraison.

code CDPE 07

Qté	N°	Article	Prix de détail suggéré	Prix spécial	Total
	9183	Pendentif Muscade	6,99	4,99	
	9184	Pendentif Claquin	6,99	4,99	
	9185	Pendentif Curly	6,99	4,99	
	9186	Porte-clés Muscade	6,99	4,99	
	9187	Porte-clés Claquin	6,99	4,99	
	9188	Porte-clés Curly	6,99	4,99	

Total: _____
Moins coupon-rabais: _____
Frais de port et de manutention: 2,00$
Total après rabais et frais: _____
TPS (7 % du total): _____
Total après TPS: _____
TVQ (6 % du total): _____
Total à payer: _____

ACHEVÉ D'IMPRIMER
EN NOVEMBRE 1997
SUR LES PRESSES DE
PAYETTE & SIMMS INC.
À SAINT-LAMBERT (Québec)